出雲のあやかしホテルに就職します⑮

硝子町玻璃

双葉文庫

第一話◆だいだらぼっちと花 007

第二話◆轟くん 062

第三話◆いのぽっぽ亭 107

第四話◆祝賀会 163

番外編◆パラダイスの湯 227

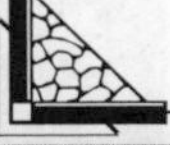

プロローグ

今から四十年前のこと。人気（ひとけ）のない神社の石階段に腰掛け、陽気に鼻歌を口ずさむ若い女性がいた。

「主様。それは何という歌でございますか？」

女性の傍に控えていた、白い布で顔を隠した式神が尋ねる。

「何だったかしら……忘れてしまったわ。だけど、いい歌でしょう？」

陰陽師である女性が振り向きざまに訊くが、式神の返答は淡泊だった。

「私は人間ではありませんので、音楽の善し悪しは理解出来ません」

「そんなことはないわ。私の歌を聴いた妖怪たちは、みんな褒めてくれたわ」

自慢げに語る主に、式神は大きな溜め息をついた。

「また妖怪たちと会っていたのですか？　ご当主の耳に入ったら、婚約を破棄されてしまいますよ」

「その時は、僕があの家を出るだけさ」

頬を赤く腫らした青年が階段を上りながら言った。女性の婚約者だ。

「どうしたの、その顔」

「父に『今すぐに、そいつを祓え』って命じられたんだ。それを拒否したら、殴られた」

青年は女性の隣に腰を下ろして答えた。彼の足元には、人間の手のような形をした妖怪がぴったりと寄り添っていた。手のひらの中心にある目玉が、ギョロギョロと周囲を見回している。

「その子は？」

「山の中で出会って、そのままついてきてしまったんだ。ただそれだけで、何も悪さはしていない」

「お義父様は、妖怪がお嫌いだものね」

「父だけじゃない。一族全員が理由もなく毛嫌いしているんだ」

青年は眉間に皺を寄せた。

「僕が跡目を継いだら、絶対にあの家を変えてみせる。古くから根付いている妖怪への偏見をなくすんだ」

「だったら、その前に追い出されないようにしなくちゃ」

女性は身を屈めて、青年の足元へ手を差し出した。すると妖怪がぴょんっと手の甲に飛び乗った。

「この子は私が預かってあげるから」

「ごめん。ありがとう」

「このくらい気にしなくてもいいわよ。そんなことより、もうすぐ誕生日でしょ？　プレゼント、何がいい？」

全然思い付かなくて、と女性が苦笑交じりに言うと、青年はきょとんとした。

「え？　ああ……そうだった」

「忘れてたの？」

「そういうの、あまり興味がなくてさ。プレゼントか……だったら、歌でいいよ。君、いつも鼻歌歌ってるだろ？」

「歌って……もっと真剣に考えてよ」

女性は不満そうに口を尖らせた。

「真剣に考えてるよ。好きなんだ、君の歌。僕のために歌ってくれるだけでいい」

青年は照れ臭そうに頭を掻いた。

「その妖怪をどうなさるおつもりですか？」

青年が神社から立ち去った後、式神が女性の膝の上に乗っている妖怪を見て訊いた。

「どうって？」

「それからは、よからぬ気配を感じます。ご当主の仰る通り、すぐに祓うべきです」

「そうかしら。私には、この子が寂しがっているだけに見えるけど」

「主様」

焦れたように式神が呼びかける。

「大丈夫。あなたが心配しているようなことにはならないわ」

優しく微笑む女性を、妖怪の目玉が凝視していた。


青年の誕生日は、その数日後だった。

「僕のせいだ。僕が彼女に……ああ、うわあああぁっ！」

血の臭いが漂う山中に、青年の絶叫が響き渡る。彼自身も深手を負っており、部下たちから傷の手当てをするように促されているが、彼らの手を振り切って女性の亡骸(なきがら)に縋(すが)り付いていた。その傍らでは、女性の両親が青ざめた表情で、呆然と立ち尽くしている。

「違う。私がもっと強くお止めしておけば、このようなことには……」

主を失い、一人取り残された式神は、血に濡れた小刀を握り締めて項垂(うなだ)れた。

女性は喉を掻き切り、自ら命を絶った。己の魂と一体化した妖怪を封じ込めるために。

愛する人や両親、多くの人々を守るために。

第一話　だいだらぼっちと花

「……そうねぇ、だけど、由香(ゆか)さんと千夏(ちなつ)ちゃんは迷惑じゃないかしら。……え、二人とも賛成してくれてるの？　それじゃあ……お言葉に甘えちゃおうかしら」

初江(はつえ)のその言葉に、受話器の向こうで息子がふっと息を漏らしたのが分かった。この数ヶ月、ずっと答えを先延ばしにしていた母がようやく折れてくれた、と安堵しているのだろう。

だが、息子たちを困らせるつもりで渋っていたのではない。「母さんはそんなこと気にしなくていいんだよ」という言葉を鵜呑みに出来るほど、初江は図太くはなれなかった。

通話を終えて受話器を戻したと同時に、外から洗濯機の甲高(かんだか)いアラーム音が聞こえてくる。「はいはい」と籠を携えて、初江は縁側から庭に出た。

今日も雲一つない、澄み切った青空が広がっている。これなら一日で乾くだろう。籠に移し替えた洗濯物を軽く叩いて、角ハンガーに干していく。

半分ほど干し終わったところで、初江は手を止めてその場にしゃがみ込んだ。浅い呼吸を繰り返しながら、刺すような胸の痛みが引くのを待つ。五分程度で治まることもあれば、暫(しばら)く治まらないこともあるのが少し腹立たしい。自分の体なのに、自分の思い通りに動いてくれないなんて。

「どうしたの、おばあちゃん。どこか具合が悪いの？」

ふいに誰かに声をかけられて、初江は周囲をキョロキョロと見回した。すると、「こっちだよ、こっち。下を見て」と再び声がした。

その呼びかけに誘われるように視線を落とすと、足元に何かがいることに気付く。よく目を凝らしてみて、おや、と初江は目を丸くした。

山吹色の甚平を着た幼い少年が、こちらをじっと見上げていたのだ。僅か10センチほどの小さな体で、色褪せた木の葉を傘のように持っている。

「おやまあ……」

初江が目を瞬かせていると、そよ風が吹いて洗濯物が音もなくなびいた。

「うわぁーっ」

一方少年は木の葉がふわりと風にあおられ、なすすべなくどこかへ吹き飛ばされそうになっていた。それを初江が慌ててキャッチする。

「危ない危ない。そんなものを持っていたら、またすぐに飛ばされ……」

初江の言葉は最後まで続かなかった。その少年が手足に酷い火傷をしていることに気付いたからだ。

◆　◆　◆

風薫る五月の早朝のこと。時町見初は、朝食を食べ終えるとすぐに寮を飛び出してホテル櫻葉の庭へと急いだ。そしてある光景を見るなり、「ん？」と首を傾げながら眉をひそめた。

いつまでもその場に留まり、「うーん」と唸り声を上げている見初。朝の庭掃除にやって来た風来と雷訪が近付く。そして見初が花壇の花を睨み付けていると分かり、まずは風来が口を開いた。

「見初姐さん、庭のお花は食べちゃ駄目！」

「そうですぞ！　朝食が足りないのでしたら、もう少し食堂で食べてきてください！」

雷訪も寮を指差しながら促す。二匹とも同僚が花を食べようとしていると、信じて疑わなかった。

だがいくら何でも、花を補食するほど飢えてはいない。二匹の生温かい視線を浴びて、見初は「ち、違うよっ」と力強く首を横に振った。そして周囲に目を配り、他に誰も居ないことを確認してから口火を切った。

「庭の水やりって、今週は私が当番だったんだけど、すっかり忘れてずっと水をあげてなかったんですよね……」

二匹から目線を逸らしながら白状する。語尾が敬語になっているのは、罪悪感の表れだ。

一週間前の朝、「今週からよろしくね、見初ちゃん」と櫻葉永遠子(とわこ)に言われ、その期待に応えるべく初日から気合いを入れて庭に水を撒いた。ところまではいい。しかし次の日になったら、すとんと記憶から抜け落ちていた。

自らの使命を忘れ、優雅に朝食を食べる日々を繰り返すこと六日間。大好きな炊き込みご飯に舌鼓(したつづみ)を打っていたが、ふっと記憶が蘇った。蘇ってしまった。

普段花を愛(め)でるという趣味もないので、庭に立ち寄ろうともしなかった。力なく萎れた花々や、怒りの咆哮(ほうこう)を上げる永遠子の姿が脳裏に浮かぶ。

何もかもが手遅れだと分かっていても、惨状をこの目で確かめる義務がある。

だが色々と覚悟を決めて庭に駆け付けた見初が見たのは、常と変わらず美しく咲き誇る花々だった。水不足に喘いでいる様子はまったくない。

「ほほぉ。それは確かに妙ですな」

「柚(ゆ)っちゃんが水やりしてくれてたとか？」

雷訪がうんうんと頷き、風来がハウスキーピングの少女を挙げる。ホテル櫻葉の花咲妖怪である彼女なら、見初に見捨てられた植物たちに水を与えていた可能性は高い。

「ううん、それはないよ。だって柚枝(ゆえ)様、前に住んでいた山に里帰りしてるでしょ？」

「あ、そうだった！」

「柚枝様はああ見えて、元山の神ですからな。彼女がいるだけで安心する妖怪も多いでしょう」

遠くの山を眺めながら、見初と二匹は一週間前の出来事を思い返していた。

あれは皆で朝食をとっている時のこと。柚枝がかつて暮らしていた山の妖怪たちが、「だいだらぼっちが現れた！」と突如寮へと駆け込んできたのだ。

そしてそれは、見初たちにとっても決して他人事ではなかった。

だいだらぼっち。

古くから日本各地で伝承されている巨人の妖怪だ。一説では富士山や琵琶湖を作ったのもだいだらぼっちとされている。その生態や習性は謎に包まれており、人々が寝静まった夜に現れ、地響きを立てながら歩き回るのだ。

そんな正体不明の巨人が近頃出雲（いずも）に現れるようになり、妖怪たちは恐怖におののいていた。今のところ被害や目撃例は報告されていないものの、いつ何が起こるか分からない。

ホテル櫻葉でも厳戒態勢が敷かれていた。

「しかし、ゲームセンター通いも禁止にするのはやりすぎですぞ！　仕事終わりに太鼓を叩きに行くのが、私たちのナイトルーティンだというのに……」

「そうだ、そうだ！　遊ばせろーっ！」

現代社会に染まり切った獣たちが抗議する。そこで見初は一芝居打つことにした。

「……でもやっぱり夜に出歩くのは危ないよ。妖怪を食べてるって噂もあるし」

「えぇっ⁉」

素っ頓狂な声を上げる風来に、見初はわざとらしく肩を竦める。

「あんまり怖がらせると可哀想だと思って、黙ってたの。どんな妖怪も出会った瞬間に丸呑みしちゃうんだって。目撃証言がないのも、そのせいじゃないかって言われてて……」

「な、なんと……！　そんなに恐ろしい妖怪だったのですか⁉」

もう一息。見初はさらに追い打ちをかけた。

「ちなみに好物は、狸とか狐」

「「あわわわ……」」

自分たちが食べられるのを想像して、ガタガタと震える二匹。

そんな様子を見て、見初は「ごめん、やりすぎた」と心の中で謝った。

「あ、そうだ。水やり忘れてたことは、永遠子さんに内緒にしておいてね。後で売店でお菓子買ってあげるから！」

「オイラ、たぬきのマーチがいい！　たぬきの絵が描いてて、中にチョコレートが入ってるやつ！」

「では私は、チータラをよろしくお願いします」

二匹を菓子で買収しながら、ホテルのフロントへ急ぐ。だいだらぼっちの話をしているうちに、始業時間ギリギリになってしまっていたのだ。

するとフロントには、一組の親子連れの姿があった。常連客であり、昨晩も泊まりに来ていた河童ファミリーである。

「皆さん、おはようございます。お帰りになるところですか？」

「おはよう、鈴娘。久しぶりに友達が遊びに来るから、今日は早めに帰るんだぁ」

そう言って、河童は壁の時計を見た。いつもなら朝食の胡瓜を齧りつつ、朝ドラを楽しんでいる時間帯だった。

「それでは失礼します」

「また泊まりに来るね～」

河童ママが会釈をし、子河童も大きく手を振って帰っていく。

「……あの人たち、だいだらぼっちのことを全然怖がっていなかったわね」

河童ファミリーが去った後、永遠子がぽつりと呟いた。

「まあ地響きが聞こえるってだけで、本物なのか分からないからな。他の妖怪がだいだらぼっちの振りをして、地鳴りを起こしているのかもしれないし」

椿木冬緒が溜め息混じりに言う。それを聞いた風来と雷訪が、すかさず食ってかかる。

「こらー！　呑気そうにするな！」

「私たちがだいだらぼっちに食べられてしまってもいいのですか⁉」

「お、落ち着けって。流石に妖怪を食べたりはしないだろ……多分」

「『多分⁉』」

最後の一言に二匹が愕然（がくぜん）としていると、一人の妖怪が慌ただしく来館した。彼もまた、ホテル櫻葉にとって馴染みの客だ。だが誰かに追われているのか、しきりに外の様子を窺いながらこちらへ向かってくる。

「すまねぇ、永遠子さん。今晩泊まれねぇか？　いや部屋が空いてねぇなら、物置でもいいから居させてくれ！　頼む！」

「部屋なら空いてるけど……何かあったんですか？」

尋常ではない雰囲気を感じ取り、永遠子が声をひそめる。

「き、昨日の夜、出会っちまったんだよ」

「出会っちまったって……誰と？」

「そんなの決まってんだろ！　だいだらぼっちにだよっ！」

妖怪は両手で握り拳を作り、今にも泣きそうな顔で叫んだ。

昨晩、妖怪は夜道をほっつき歩いていた。仲間たちからは「だいだらぼっちに見付かったらどうすんだ」と止められていたが、その時はすぐに逃げればいいと高をくくっていたのだ。

そして公園のベンチに寝そべって休憩している時、それは聞こえた。

ズシン……ズシン……

腹に響くような低い音が、地中から伝わってきた。妖怪は「ヒッ」と体を震わせ、身を潜められるような場所はないかと周囲を見回した。

『あ、あそこに隠れるか……！』

花壇の後方に、ちょうど隠れられそうな茂みがあった。ベンチから立ち上がり、急いで茂みの中に避難しようとする。だが急に地響きが止み、辺りを不気味な静寂が包み込んだ。

何だ、ビビらせやがって。ほっと息を吐いて、妖怪はベンチに戻ろうと踵を返した……が、行く手を阻むかのように、正面に巨大な二本の足が立っていた。黒い脚絆を巻き、足袋を履いている。

反射的に首をぐっと伸ばして、足の先を見上げる。

直後、身を屈めてこちらを見下ろしている一つ目の巨人と視線が合った。慌てて逃げ出そうとしたが、時既に遅し。だいだらぼっちの無骨な手は、妖怪の体を鷲掴みにしたのだった。

「それでどうなったんですか……？」

手に汗を握りながら、永遠子が恐る恐る続きを促す。

「それがよ。そのまま地面に叩き付けられるんじゃねぇかって思ってたら、だいだらぼっちの奴、俺を木の上に乗せてどこかへ行っちまいやがったんだ」

「だけど、無事でよかったですね」

「いや……」

妖怪が神妙な顔で首を横に振る。昨晩の話には、まだ続きがあるらしい。

「だいだらぼっちに掴まれた時にチラッと見えたんだがよ。あいつ、もう片方の手に何かを持ってやがったんだ。薄暗くてよく見えなかったが、結構でかくて真っ赤だったと思う。……ありゃ、きっと血まみれの妖怪だ」

血まみれ。妖怪の口から飛び出した物騒な単語に、その場の空気が凍り付く。

「まさか……別の何かじゃないですか？　例えば品種改良されて巨大化したトマトとか」

見初が少し無理のある例を挙げる。

「だいだらぼっちは闘争心が強くて、気性も荒い奴が多いって言われてんだ。俺を木の上に乗せたのも、『次はお前の番だ』ってメッセージなのかもしれねぇ……！」

「それは飛躍しすぎだろ！　単に邪魔だったから、移動させただけじゃないのか？」

冬緒も何とか落ち着かせようとするが、恐怖に囚われた妖怪は聞く耳を持とうとしない。

フロントのカウンターに手をついて、勢いよく永遠子に頭を下げた。

「今夜血祭りにあげられるのは、きっと俺だ……頼む、匿ってく……うわっ！　何すんだお前ら!?」

鬼気迫る表情で足を引っ張ってくる獣二匹に、妖怪がぎょっと目を見開く。

「あなたが泊まったら、だいだらぼっちがこっちに来てしまいますぞ！」

「オイラたちを巻き込むなー！」

強引に妖怪を追い返そうとする彼らを「こら！」と注意したのは、永遠子だった。

「そんなこと言っちゃダメでしょう？　一応お客様なんだから」

「永遠子さん……ありがとよ」

妖怪が照れ臭そうに鼻の下を擦る。しかし永遠子はそんなに甘くはなかった。

「当たり前じゃないですか。でも万が一、だいだらぼっちがうちに来てしまったら……その時は分かってますよね？」

妖怪に優しく微笑みかけるが、その目は笑っていない。

「その時はって、客を見捨てるつもりかよ、見損なったぜ、永遠子さん!!」

「ですから、万が一の時って言っているじゃないですか。大丈夫、そうそうそんなこと起きたりしませんから。それと言っておきますが、うちはあくまで宿泊施設であって、避難所ではありませんからね。多少のアレは目を瞑っていただかないと」

「お、おう……」

永遠子が笑顔で妖怪に釘を刺す。見初がその様子を眺めていると、後ろから誰かに制服の裾を引かれた。おや？　と振り返れば、そこには困り顔の妖怪が立っていた。

「あのぅ……だいだらぼっちが怖いので、今晩こちらに泊めてもらえますか？」

ズシン……ズシン……

どこからか聞こえてくる地響きに、初江ははっと顔を上げた。窓のほうを見れば、少年がカーテンの隙間から外の様子を窺っていた。

「近頃地鳴りが多いわねぇ」

「え？　おばあちゃん、だいだらぼっちの音が聞こえるの？」

そう言いながら、少年が初江へと振り向く。

「だいだらぼっち？」

「巨人の妖怪だよ。こーんなにでっかいんだって」

少年は両手を高く上げて言った。その手足には、包帯代わりの手拭いが巻かれている。

「あらまあ。そんなに大きかったら、富士山なんかも見下ろせそうね」

初江はのんびりした声で相槌を打つと、手にしていたはさみをローテーブルに置いた。

それから窓際に移動して、「はいどうぞ」と少年にあるものを差し出す。

それは少年の背丈に合わせて作られた、小さな傘だった。

「わぁ……！」

「新聞紙と割り箸で作ってみたの。よかったら使ってちょうだい」

「うん！　おばあちゃん、ありがとう！」

傘を受け取り、少年は嬉しそうに破顔した。

◆　◆　◆

昨夜もだいだらぼっちは現れたようだが、ホテル櫻葉に襲来することはなかった。避難しに来ていた妖怪たちも、若干不安そうにしながらも帰っていく。

ただし、だいだらぼっちがいつホテルにやって来てもおかしくはない。午後になると、見初たちは緊急会議を開いた。

「も、もしホテルに泊まりたいって言われたら、どうしましょう……」

建物の中に無理矢理入って来る巨人を想像して、見初は青ざめた。

「かと言って宿泊を拒否したら、ホテルを踏み潰されるかもしれないぞ……」

瓦礫（がれき）の山と化したホテルを思い浮かべ、冬緒は渋い表情になった。

「私も若い頃に一度だけだいだらぼっちを見たことがありますが、あれだけ大きいと対処のしようがありません。今はただ、ホテルに接近しないことを祈るしかないでしょう」

頼みの綱の柳村（やなむら）もこればかりはお手上げのようだ。室内が重苦しい雰囲気に包まれる。

「……とりあえず、だいだらぼっちの動きには引き続き警戒しましょう。そして万が一の時は、館内のお客様や従業員を避難させなくちゃ」

永遠子の言葉に、見初たちは硬い表情で頷いた。……と、見初が「あれ？」と訝しそうに室内を見回す。

「そういえば風来と雷訪……どこに行っちゃったんだろ」

その頃、当の二匹は、「夜の分までいっぱい遊んじゃお！」と外出していた。堂々としたサボりである。

「見てみて、雷訪！　オイラのバチ捌きっ！」

「ふふんっ。風来には負けませんぞ！」

ゲームセンターで思う存分遊び、その帰りにコンビニに立ち寄ってお菓子やジュースを買うと、近くのバス停のベンチで少し休憩することにした。

「ジュース飲んで帰ろっか」

「そうですな」

炭酸ジュースを開けて、くぴくぴと飲む。舌や喉をビリビリと刺激する感じがたまらない。二匹で「ぷはーっ」と大きく息をついている時だった。

「狸さーん、狐さーんっ。助けてーっ」

今、どこからか声が聞こえたような。風来と雷訪は互いの顔を見合わせた。物音を立てず、じっと耳を澄ましていると、再び「助けてー」と声がした。気のせいではない。

「こっちかな？」

風来はベンチから降りると、その下を覗いてみた。

「あっ、狸さん。気付いてくれたんだ！」

すると体長10センチほどの小さな少年が、ベンチの脚の陰から顔を覗かせていた。

「あのね、僕の傘を探してきて欲しいんだ」

「傘？」

「バス？　っていうのが来た時に、風でどこかに飛ばされちゃったんだ。だからお日様に当たらないように、ずっとここに隠れてたの」

「それは災難でしたな」

雷訪もベンチから降りて、少年の話に相槌を打つ。

というわけで二匹は周辺を捜し回ってみたが、残念ながら傘は見付からなかった。新聞紙と割り箸で作られたものだったらしく、遠くまで飛ばされてしまったのかもしれない。

「お力になれず申し訳ありませんぞ……」

「ううん。探してくれてありがとう」

礼を述べる少年だが、手ぶらで戻ってきた二匹を見て、がっくりと肩を落としている。

「あ、そうだ。ちょっと待っててっ」

風来は何かを思い付いたのか、人間の姿に変身してコンビニへ駆け込んでいった。そしてビニール袋を提げて店から出て来ると、購入した紙皿と割り箸を器用に組み立てていき、接着剤でしっかりと接合する。

最後にはさみで軽く形を整えて、風来は「これあげるっ」と即席の傘を少年に手渡した。

少年の顔がぱぁっと明るくなる。

「狸さん、ありがとう！」

「へへーんっ、どういたしまして」

自慢げに胸を張る風来だが、ふと少年の手足に目を向けた。花柄の布が巻かれているが、その隙間から痛々しい火傷の痕が見える。

「あれ？　怪我してんの？」

風来の問いに、少年は傘を両手で持ちながらコクリと頷いた。

「うん。僕はね、花の精なんだ」

「花の精？　……あ、ほんとだ。お花の匂いがする」

風来は少年に鼻先を寄せて、すんすんと鼻を鳴らした。

「だけど出来損ないだから、お日様に当たると火傷しちゃうんだ。それで最後には、灰になって消えちゃうみたい」

　どこか他人事のように話す少年に、二匹は「えっ」と目を丸くした。

「痛みはないのですか？」

「うん、全然痛くないよ！　でもね、花の精は季節が変わる度に色んな場所に移り住んでいるんだけど、この体のせいでみんなについていけなくて、置いて行かれちゃった」

　少年はあっけらかんと言った。そして思い出したように、「そうだ」と呟く。

「僕、『ほてるさくらば』ってところに行きたいんだ。どこにあるか知ってる？」

「えっ、泊まりたいの？」

「ううん。『おばあちゃん』の具合が悪そうだから、それを治す方法を聞きに行くの。僕に傘を作ってくれた優しいおばあちゃんなんだよ。……傘、失くしちゃったけど」

「ど、どうしてホテルに聞きに行くのですかな？」

　しょんぼりと落ち込む様子を見て、すかさず雷訪は話題を逸らした。

「前に仲間の花の精から聞いたことがあるんだ。妖怪や神様の悩み事を聞いてくれる場所があるって」

「なるほど。ですが、体調が優れないのでしたら、病院に行けばよろしいのでは？」

「びょーいん？」

　少年は不思議そうに目をぱちくりさせた。

「人間の病気や怪我を治すところですぞ。お医者さんが悪いところを診てくれて、お薬も出してくれるのです」

「それじゃあ、おばあちゃんも……！」

雷訪がかいつまんで説明すると、少年の顔に笑みが戻った。

「僕、おばあちゃんをびょーいんに連れて行くね！」

そう言って、ベンチの陰から出て行こうとする。けれど火傷のせいなのか、片足を引きずるような歩き方だ。それに傘のおかげで直射日光は防げるだろうが、アスファルトの照り返しはそうもいかない。

「「ちょっと待った！」」

二匹は咄嗟に少年を呼び止め、『おばあちゃん』とやらの家まで送っていくことにした。

「ここがおばあちゃんの家だよ」

風来の頭に乗った少年が指差したのは、やや古びた平屋の一軒家だった。門の表札には、『里中』という名字が記されている。

庭へ回り込んでみると、物干し竿に干された真っ白なシーツが、風で静かに揺らめいている。

「おや、こちらはかすみ草ですかな？」

紺色のプランターでは、白やピンク色の小さな花が育てられていた。柚枝のお気に入りの花で、ホテル櫻葉の庭にも植栽されているのだ。

「おばあちゃん、その花が大好きなんだって。大事に育ててるんだよ」

「へぇ～」

初日だけ水をあげて、次の日から忘れていた見初とは大違いである。

「ところで家の中には、どうやって入るのですかな？」

「あそこ」と少年が縁側の窓を指差す。いつでも出入り出来るようにと、ほんの少しだけ隙間を開けてくれているらしい。

「では、私たちはこれで……」

「待って！　僕びょーいんのことよく分からないから、狸さんと狐さんが説明してあげて！」

「は、はぁ……」

多分おばあちゃんのほうが、自分たちより病院に詳しいのでは？　そんな言葉を飲み込んで、二匹は「お邪魔しまーす……」と窓を開けて家の中に入った。

少年が日の光を浴びないようにするためか、茶の間はカーテンが閉め切られていて、昼下がりにも拘(かか)わらず薄暗い。家主は外出しているようで、家の中は穏やかな静けさに包まれていた。

「あっ、たぬきのマーチ！」

机の上に六角形の菓子箱が置かれていることに気付き、風来の目がキラリと光る。

「おばあちゃんが僕に買ってきてくれたんだ。一緒に食べよ！」

「食べる食べるー！」

好物に目がない狸が、すかさず机の上に飛び乗ろうとする。

「おバカ風来！　人様のお宅ですぞ！」

「ぎゃふっ」

ガンッ。雷訪に尻尾を掴まれ、風来はうつ伏せの状態で机に着地した。

まったく、この相棒は。自由奔放な相棒を強引に引きずり下ろすと、一緒に何かが落ちてきた。

それを目にした雷訪は、はっと息を呑んだ。それからすぐに机の上に戻して、少年のほうを向く。

「わ、私たち、そろそろ帰らなくてはいけません。夜になったら、だいだらぼっちが出てくるかもしれませんからな。ですよね、風来？」

「へっ、たぬきのマーチは⁉」

「お菓子など、後で買いに行けばよいのです！」

「う、うん。遅くなっちゃうと、見初姐さんたちが心配するもんね」

風来も言われるがまま同調する。

「ですから、申し訳ありません。おばあ様には……」

「ううん、謝らないで。びょーいんのことは、僕がちゃんと話すから。家まで送ってくれてありがと！」

「はい……では失礼しますぞ」

笑顔の少年に見送られて、里中宅を後にする。しかし雷訪の足取りはどこか重い。相棒の異変を察した風来が、「雷訪、どしたの？」と道すがら尋ねた。

「……お菓子の箱の側に、病院でもらう薬の袋が置いてあったのです。おばあ様は既に病院に通っているのかもしれませんぞ」

雷訪は俯きながら、ぽつりと言葉を零した。

しかし処方された薬を服用しても、病状は芳しくないのかもしれない。

「そっかぁ。そんなの、あの子に言えないもんね……」

雷訪がやけに慌ただしく家を去った理由を悟り、風来は沈んだ声で言った。

その頃、里中宅には初江が帰宅していた。

「おかえり、おばあちゃん。どこに行ってたの？」

「ただいま。ちょっと買い物のついでに、お散歩に行ってきたの」

そう答えながら、初江は鞄の中から白い紙袋を取り出した。

何を買ってきたのだろう。少年は疑問に思ったが、そんなことよりも、と嬉々として話を切り出した。

「おばあちゃん、体の具合が悪いんでしょ？　だったら、びょーいんってところに行ってみようよ！」

「あら、あなた……病院のことを知ってるの？」

「狸さんと狐さんが言ってたんだ。人間は病気や怪我をした時、びょーいんに行って治してもらうんだって」

「……そうなのね。教えてくれてありがとう」

初江は文字が書いてある面を裏にして、紙袋を机に置いた。そして少年の手の甲に出来た火傷を見て、表情を曇らせる。

「……また火傷広がっちゃったわねぇ。あまりお外に出ちゃ駄目よ」

「そんなに心配しなくても、痛くないから平気だよ」

「だけど、日の光に当たりすぎると消えてしまうんでしょう？」

初江の問いかけに、少年は清々しい笑みで首を横に振った。

「僕、おばあちゃんに会えたよ。狸さんたちにも優しくしてもらって……いいことがたくさんあったから、もういつ消えてもいいんだ」

達観したような言葉に、初江は眉を寄せた。そして指先で少年の頭を撫でながら、ある場所を思い浮かべていた。

◆　◆　◆

「……ということなの。あの子の火傷を治してあげたいのだけれど……あなたたちなら、その方法が分かるんじゃないかと思って聞きに来たの」

「花の精ですか……」

里中初江という老婦人の話を聞き、見初は冬緒や永遠子と顔を見合わせた。

花の精自体は見初も知っている。妖怪と神様の中間のような存在で、たんぽぽの綿毛に掴まって群れ飛ぶ様を見たこともあった。正直ちょっと気持ち悪かった。

しかし火傷の治し方となると、皆目見当もつかない。

というよりも。

「里中さんは櫻葉がどういったホテルなのか、ご存じなんですか？」

冬緒が尋ねると、初江は小さく笑って頷いた。

「私ね、不思議と昔から人ではないモノが見える体質なの。『あそこはいい場所だ』って妖怪さんたちがお話しているのを聞いたことがあるわ」

そう言って、ベルデスクの上でうとうとと微睡(まどろ)んでいる仔兎を一瞥(いちべつ)する。それを見た見初はふと閃(ひらめ)いて、白玉(しらたま)を抱き上げた。

「この子は、妖怪の傷を治すことが出来るんです。もしかしたら、その子の火傷も治せるかもしれません」

「あらまあ。とってもすごい兎さんなのねぇ」

初江に顔を覗き込まれて、白玉が「ぷぅ……？」と眠たそうに反応する。

「ですが、確証はありません。まずはその花の精をこちらに連れてきてもらえますか？」

「ええ。それじゃあ、一度家に戻ってあの子を……」

その時、初江の顔が苦痛で歪んだ。胸を押さえて、その場に座り込んでしまう。

「さ、里中さん⁉」

「……救急車を呼んだほうがいいわね」

見初が初江に駆け寄り、一目で容体が深刻だと見抜いた永遠子が受話器を手に取る。

「ごめんなさい……」

「里中さん、大丈夫ですか⁉　今救急車を呼びますから！」

「……かかりつけの病院があるの。そこに連れて行ってくれないかしら……」

青ざめた顔で初江は病院の名前を口にした。１１９番に通報した永遠子が、指令員にその病院名を告げる。

初江は程なくして到着した救急車で病院に搬送され、その付き添いで見初もついていったのだった。

初江が治療を受けている間、見初は待合室の長椅子に座っていた。制服姿の見初を、通りかかった患者や看護師が不思議そうに見てくる。はにかみながら会釈をした。

やがて、白衣を着た男性が見初の下へ近付いてきた。四十代半ばぐらいだろうか、神経質そうな顔つきをしている。男性は初江の主治医と名乗ると、見初に一礼した。

「もう少し処置が遅れていたら、危険な状態でした。すぐに救急車を呼んでくださってありがとうございました」

話してみると、案外口調は柔らかだった。

「いえ、とんでもないです」

見初も恭しく頭を下げる。初江はこのまま入院することになり、他県に住んでいる家族が着替えや日用品を持ってきてくれるそうだ。

後のことはご家族にお任せしてよさそうだが、このまま帰るわけにはいかなかった。

「あの……里中さんとお話することは出来ますか？」

「容体は落ち着きましたし、意識もはっきりしているので短い時間であれば大丈夫ですよ。……ひょっとして、里中さんとは以前からお知り合いの方でしたか？　プライベートでも仲がよろしいとか……」

「は、はい」

短く答えると、主治医は無言で見初をじっと見た。嘘がばれてしまっただろうか。冷や汗をかきつつ作り笑顔でやりすごそうとする見初だったが、主治医は意外なことを言い出した。

「申し訳ありません、少しお時間をいただけませんか？　里中さんのことで、伺いたいことがあるんです」

見初を連れて診察室に戻ると、主治医は「どうぞ」と向かいの椅子に座らせた。

「里中さんの病気のことはご存じだと思いますが、今後の予定などはお聞きになっていますか？」

「あまり詳しくは……すみません」

嘘をついてすみません。

「では、里中さんの近辺で何か変わったことはありませんでしたか？」

「……いえ、何も」

本当は何も分からないんです。

見初が数秒置いてから答えると、主治医は一瞬渋い顔つきになったが、すぐに「引き留めてしまって、すみませんでした」と穏やかな笑顔に切り替えた。

「ホテル櫻葉の時町です。今、大丈夫ですか？」

　見初は個室の引き戸をノックして、そう呼びかけた。間髪を容れずに、「どうぞ」と初江の声が返ってくる。

　静かに引き戸を開けると、真っ白なベッドには上体を起こした初江の姿があった。顔色はまだ悪いが、発作を起こした直後に比べれば幾分か血色が戻ったように見える。

「お体の具合は如何ですか？」

「ずいぶんと楽になったわ。あなたたちにも迷惑をかけてしまってごめんなさいね」

「そんな、謝らないでください。それと、あの……」

「時町さん、あなたにお願いがあるの」

　初江は見初の言葉を遮るように言った。サイドテーブルに置かれていた鞄から何かを取り出し、「こっちに来てくださる？」と見初に向かって手招きをする。

　そしてベッドへ近付いた見初の手に、それを握らせる。窓から差し込む西日を反射して輝く、銀色の鍵だった。

「私、もしかしたら自宅にはもう帰れないかもしれないの。だから、あの子のことをお願いしてもいいかしら？　あなたしか頼める人がいないの」

「里中さん……」

「あの子を心配して来てくれたのよね？　ありがとう、時町さん」

　そう礼を述べて、初江は柔らかく微笑んだ。

◆ ◆ ◆

一旦寮に戻り、普段着に着替えて外に出た頃には、空は燃えるようなオレンジ色に染まりつつあった。夜が近付いているのだ。

早く行かないと。初江から預かった鍵を鞄に入れて、見初が出発しようとした時だった。

「見初姐さん！」

突然見初の目の前に飛び出してきたのは、風来と雷訪だった。

「お願い！　オイラたちも連れて行って！」

「えっ？」

「冬緒と永遠子様が話しているのを聞きました。実は数日前、里中様のご自宅にお邪魔したのですが……ずっとあの少年が気がかりだったのです」

花の精について身振り手振りを交じえて話す二匹に、見初は頷いた。しかし一つ問題が。

「……いいの？　もうすぐ夜になっちゃうけど」

だいだらぼっちのことをすっかり忘れていたのか、二匹は「はっ」と体を震わせた。しかし恐怖を振り払うように、ぶんぶんと首を横に振る。

「だ、だいだらぼっちなんて怖くないやい」

「たかが巨人などに臆する我らではありませんぞ」

「そ、そう？　じゃあ一緒に行こっか……」

けれどやはり怖いのか、ひしとしがみついてくる二匹を伴い、見初は初江の自宅へと向かった。……重い。


「……このお家かな？」

見初は古びた一軒家を見上げながら呟いた。

「間違いありませんぞ。表札にも里中と書かれています」

「見初姐さん、庭の窓から中に入れるよ！」

「ご近所の人に見付かったら通報されちゃうって！　玄関から入るの！」

庭に向かおうとする風来を止めて、玄関のドアノブに鍵を差し込む。カチャリと音がしたのを確認して、見初たちはそっと中に入った。

そして茶の間をくまなく見回してみたのだが。

「ありゃ？　あの子、いないね」

「突然おばあ様以外が家に入ってきたので、驚いてどこかに隠れてしまったのかもしれませんな」

二匹は首を傾げると、他の部屋も探し始めた。見初は引き続き茶の間を捜索してみるが、花の精と思しき少年は見付からない。

「そっちはどう？」

「ううん、いなかった……」

「右に同じくですぞ」

鍋を抱えた風来と口の開いた巾着袋を手にした雷訪は、力なく首を横に振った。

「ひょっとしたら、里中さんを探しに行っちゃったのかも……！」

里中宅を後にして、周辺をくまなく探してみる。特に日陰となる場所を中心に。

「くんくん……うーん。お花の匂いしないや」

「匂いで辿るのも難しそうですな」

地面に鼻を近付けた二匹は顔を上げると、嘆息を漏らした。

慰めるように彼らの頭を撫でながら、見初は頭上を仰いだ。日はすっかり暮れてしまい、葡萄色の空で白い星たちが光っている。

「……今日はもう諦めようか。こんなに暗いんじゃ、辺りもよく見えないし」

「うん……」

「仰る通りです……」

二匹はがっくりと項垂れながら、返事をした。

「げ、元気出して。帰りにコンビニでお菓子買ってあげるから」

「「お菓子っ！」」

途端、獣たちが勢いよく顔を撥ね上げる。その切り替えの早さに、見初は少しだけ感心した。

「ありがとうございましたー」

店員の声を聞きながら、コンビニを出る。見初の手には、中身がパンパンに詰まったビニール袋が提げられていた。

「見初姐さん、お菓子買いすぎだよ！　それ全部一人で食べるの⁉」

「一日で全部食べたりしないよ！　ちゃんと二、三日に分けて食べるもん！」

「本当ですかな……む？」

雷訪が立ち止まり、キョロキョロと辺りを見回す。

「どうしたの？　何か他に欲しいものでもあった？」

見初も足を止めて、身を屈めながら尋ねる。

「いえ……一瞬、いつもいらっしゃる河童様の気配を感じたような……」

雷訪が訝しそうに首を傾げた時だった。

ズシン……ズシン……

その不吉な地鳴りに、見初はぎくりと体を強張らせた。二匹も「ひょえっ」と情けない悲鳴を上げて、見初に抱きつく。

「見初姐さん、早く走って！　ホテルまでダッシュ！」

「そんなこと言われたって、重くて走れないよ！」

「でしたら、買い物袋を手放してください！」

「ダメだよ！　せっかく買ったおやつなのに……！」

どんな時でも、おやつは大事。しかし、地鳴りが聞こえたということは、どこかに『ヤツ』がいるはずである。

「い、いったいどこに……っ⁉」

その姿を捉えるべく、見初は周辺を見渡そうとした。……が、すぐ真横に巨大な脚があることに気付き、頭の中が真っ白になる。

「み、見初姐さん……うえ、うえ……」

今にも消え入りそうな声で、風来が上を見るように促す。嫌な予感しかしない。見初はぎ、ぎ、とぎこちない動きで空を見上げた。

するとそこには、今まさに自分たちを跨いで通りすぎようとしている巨人の姿があった。

「ギャ……モガガッ」

悲鳴を上げそうになる見初の口を、二匹が慌てて塞ぐ。

ズシン……ズシン……

鈍い地響きを立てながら、それはゆっくりとどこかへ向かっていく。その様をただ呆然と眺めていた見初たちだったが、風来があることに気付いた。

「……あいつ、右手に何か持ってる！」

「え？」

「ほら、よく見てよ！」

「ううん……？」

見初はじっと目を凝らして、だいだらぼっちの右手を見た。すると白くて、平たくて、丸い何かをつまんでいた。

「……皿、かなぁ？」

「何であんなの持ってんの……？」

見初と風来がひそひそと話をしていると、今まで黙り込んでいた雷訪が重い口を開いた。

「……河童様がいつも頭に載せている皿なのでは？」

「えっ……」

見初と風来の顔から表情が消える。

先ほど雷訪が感じた河童の気配。そして、だいだらぼっちが持っている白い皿。

点と点が線で繋がった瞬間だった。

「……風来、雷訪。後を追うよ」

だいだらぼっちの背中を見据えながら、見初は絞り出すような声で言った。

「み、見初姐さん!?」

「だって、まだ無事かもしれないじゃん！　早く助けてあげなきゃ！」

「で、ですが、もう手遅れかもしれませんぞ！」

すっかり悲観的になっている雷訪に、風来も涙目で同調するように頷く。

獣たちの視線を浴びながら、見初は目を閉じて思考を巡らせる。

河童はホテル櫻葉の大切なお客様だ。何としてでも安否を確認しなければならない。

だが、もしも既に手遅れの時は……。

「……その時はせめて皿だけでも取り返して、奥さんに届けてあげよう！」

こうして重苦しい雰囲気の中、夜の追跡劇は幕を開けた。


「見初姐さん、重いーっ！」

「し、失礼なっ！　雷訪も乗ってるせいだよ！」

風来が変身した自転車に乗って、見初はだいだらぼっちを必死に追いかけていた。……が、なかなか距離が縮まらない。

「はぁはぁ……こんなに走ってるのに全然追いつけない……っ！」

「だいだらぼっちのっ、歩幅がっ、大きすぎるせいっ、ですぞっ！」

買い物袋とともに前のカゴに押し込められた雷訪は、激しい風圧と振動に襲われながらそう叫んだ。

「あっ！　山ん中入って行った！」

風来がライトをチカチカと点滅させる。

だいだらぼっちはゆっくりと山へ踏み入ると、何故かその場にしゃがみ込んだ。木々の中から頭だけが飛び出していて、不気味な様相を呈している。

「あ、あそこに河童さんがいるのかも……ウォォォッ!!」

汗だくになりながら、見初はペダルを漕ぎ続けた。明日筋肉痛になること間違いなし。

そして森の手前に辿り着くと同時に、見初たちを運んできた風来がついに力尽きた。

「オ、オイラ、もう駄目……」

元の姿に戻り、地面にぐったりと倒れ込んでいる。

「風来ありがとう……！　よく頑張ったね！」

「相棒として誇りに思いますぞ！」

その奮闘を讃えながら、見初と雷訪は風来にスポーツドリンクを飲ませた。

すべての力を使い果たした風来を抱きかかえ、見初は夜の山中へと入った。雷訪が変身した懐中電灯で前方を照らしながら、慎重に進んでいく。

「……河童さん、無事かなぁ」

風来はぼそりと呟いた。

「原形を留めているといいのですが……」

「や、やめてよ。そんな、生々しい……！」

原形を留めていない河童を想像して、見初は顔色を悪くした。その凄まじい迫力に気圧され、と、懐中電灯の光が数メートル先にいる巨体を照らした。その拍子に、「あいたっ」と懐中電灯が声を上げた。

見初は思わず懐中電灯を手放してしまう。

「雷訪、ごめんっ。びっくりしてつい……」

拾い上げた懐中電灯を握り締め、なるべく物音を立てないように背後へ回り込む。

だいだらぼっちは切り立った岩崖の前で膝を抱え、じっと何かを見詰めていた。

「……あそこに何かあるのかな？」

「まさか……はりつけの河童さん⁉」

風来が自分の言葉に、ぶるっと身震いをする。見初も表情を強張らせながら、崖の斜面が見えるようにささっと横へスライドする。

しかし、そこに四肢を縫い付けられた河童の姿はなかった。

「ではいったい何を見ているのでしょう……？」

雷訪がそう疑問を口にした時だった。突然周囲が明るくなる。

見初たちが夜空を見上げると、今まで雲に隠れていた満月が白く光り輝いていた。

「綺麗ですなー……」

「うん……」

時を忘れ、暫しその光景に見とれる二匹。一方見初は、ある異変に気付いていた。

「な、何か光ってない？」

えっ、と二匹が見初の視線を目で追うと、いつの間にか崖の斜面が白く光り輝いている。

何だあれ。見初たちが怪訝そうに眉をひそめている時だった。

ピシッ。突如岩壁に亀裂が走り、そこから植物の芽が顔を見せた。それはみるみるうちに成長していき、やがて細長く膨らんだ蕾をつけた。

ほんとに何だあれ。見初たちが固唾を呑んで見守る中、一輪の白い百合の花が咲いた。

「怖っ！」

風来の口からシンプルな罵倒が飛び出した。その花は何と、だいだらぼっちの顔とほぼ同じ大きさをしていたのだ。あまりのビッグサイズに、美しさよりも不気味さが勝る。

「な、何あれ……本当に花なの？」

「まあ、アスファルトにも花は咲くと言いますからな……」

困惑する見初に、雷訪が適当なことを言う。

その時、お行儀良く体育座りをしていただいだらぼっちが、おもむろに白百合へと左手を伸ばした。

まさか、毟り取るつもりなのだろうか。だが予想に反して、武骨な手は花の付け根を持ち、ゆらゆらと軽く揺するだけだった。

すると花の中心から、キラキラと金色に光り輝く粉が零れ落ちる。

「砂金だ！」

「花粉ですな」

物欲に塗れた相棒の発言を、雷訪がさらりと訂正する。

「……花粉を集めてる？」

だいだらぼっちは右手に平皿を持ち、その上に花粉を落としていた。

そして金色の小山が出来上がると、用は済んだとばかりに立ち上がる。再び歩き出しただいだらぼっちに、見初たちも追跡を再開した。

花粉を零さないように慎重になっているのか、先ほどよりも歩幅が小さい。見初も今度は雷訪が変身した自転車に跨がり、一定の距離を保ちながらその後を追う。世にも奇妙な白百合とその花粉を採るだいだらぼっち。謎の光景を目撃した見初と二匹は、呆気に取られて緊張感が薄れかけていた。

しかし程なくして、風来と雷訪は「おや？」と辺りを見回した。

「雷訪、ここって……」

「はい。河童様と、そのご家族が棲んでいる川辺への道ですぞ……」

再び不穏な予感がぶり返し、見初のこめかみを一筋の汗が伝った。

「だ、旦那さんだけじゃ飽き足らず、奥さんと子供まで……!?」

「「ヒエッ」」

河童パパの安否も定かではない状況で、第二の悲劇が起きようとしている。しかしちっぽけな人間と獣たちが進行を阻止出来るはずもなく、だいだらぼっちはついに川辺へと辿り着いてしまった。

「見初姐さん、どうしよう！」

「きっと奥さんたちにあの花粉をまぶして、食べるつもりですぞ！」

そんな塩胡椒じゃないんだから。しかし、『だいだらぼっちが妖怪を捕食する』というのは見初のフィクションだったのだが、河童が皿だけ残して行方不明になっていることを考えると、少々怪しくなってきた。

見初たちは近くの茂みに身を隠した。そして、だいだらぼっちの動向を見張ろうとした矢先、水面に映った月がぐにゃりと歪んだ。

直後、ザバッと水中から三匹の河童が顔を出した。あの河童親子である。旦那の頭には皿がない。

「あっ、生きてるっ」

見初たちが彼らの生存を喜ぶ中、だいだらぼっちは川辺の隅に置かれていた巨大な赤い如雨露を手に取った。川の水をたっぷりと汲み、そこに先ほど採取した花粉を加えて、指で軽く撹拌する。ずいぶんと手慣れた動作だ。

「………」

注水口から指を引き抜くと、だいだらぼっちは懐から小さな果実を取り出した。山の中で摘み取ったものだろう。それらを皿に載せて、河童親子に差し出す。

「わーい！　ありがとー」

「こんなにたくさんありがとうねぇ」

子河童が果実を手に取り、河童ママがペコリとお辞儀をする。

「今夜もたくさん採れたみたいでよかったなぁ」

頭に平皿を装着しつつ、河童パパは赤い如雨露に目を向けた。だいだらぼっちが無言で頷く。

「よいしょ、うんしょ」

子河童は胡座をかいただいだらぼっちの膝に乗り、そこでちびちびと果実を食べ始めた。

「明日には東北のほうに行くのかぁ。達者でなぁ」

こくん。

「またいつでも遊びに来てねぇ」

こくん。

だいだらぼっちは一言も発さず終始頷いてばかりだったが、夫婦が気にする様子はなかった。

暫し団らんの時間を過ごした後、だいだらぼっちは子河童をそっと地面に下ろすと、如雨露を手に取って立ち上がった。「またねぇ〜」と河童親子に見送られ、川辺から去っていく。それからすぐに河童親子も川の中へ帰っていき、周囲は静けさを取り戻した。

「すごい仲良しだったたね……」

風来が茂みの中から抜け出してほっとしたように言うと、雷訪も「膝の上に乗ってましたな……」と同調する。

「……河童さんのお友達って、だいだらぼっちだったんだ」

頭に葉っぱや小枝をくっつけたまま、見初は先日の河童の発言を思い返していた。しかも、先ほどの様子を見るに、かなり親しい間柄のようだ。

「河童様もご無事だったことですし、帰りますかな」

「……二匹は先に帰ってて。私はもうちょっと、だいだらぼっちを追ってみる」

「「え？」」

二匹が見初をきょとんと見上げる。

自分たちの心配が杞憂に終わったものの、見初には気になることがあった。

……あの赤い如雨露の中身だ。

自分が尾行されているのを知ってか知らずか、だいだらぼっちは度々足を止めた。道端や公園の花壇に咲いている、少し萎れた花に向かって如雨露の注ぎ口を傾ける。キラキラと金色に光る水が降り注ぐと、変化はすぐに現れた。力なく項垂れていた茎がすっくと起き上がり、変色していた葉も青々しさが蘇っていく。

「ひぃぃっ、い、命だけは……！　ギャーッ……ってあれ？」

途中、必死に命乞いをする妖怪を掴み上げ、木の上に乗せる一幕もあった。しかしそれは、その妖怪が前方に咲く花に気付かず、踏み潰そうとしていたからだった。

「優しい巨人さんだね」

「自然をこよなく愛し、花を守る心優しい巨人ですなぁ」

だいだらぼっちの善行を目の当たりにし、結局見初についてきていた風来と雷訪はしみじみと言った。見初によって植え付けられた恐怖心は、完全に払拭されていた。

「もー、だいだらぼっちが妖怪を食べるなんて嘘じゃん！」

「まったく……どなたからそのような噂を聞いたのですか？」

「だ、誰だったかなー？　あっはっは……」

二匹から呆れたような視線を向けられ、見初は頭を掻きながらとぼけた。と、ホラ話を披露した時のことを思い返し、はっと気付く。

「庭の花が元気だったのって、もしかして……！」

「じゃあ、ホテルにも来てたってこと⁉」

「全然気付きませんでしたぞ……」

　永遠子たちが知ったら卒倒するかもしれないし、花の件を話せば芋づる式に水やりを忘れていた件も明らかになってしまう。

　このことは、私たちだけの秘密だよ。見初が二匹にそうアイコンタクトした時だった。

「あっ！　だいだらぼっち、いなくなっちゃったよ⁉」

　風来がぎょっと目を見開く。突如だいだらぼっちが、煙のように消えてしまったのだ。

あの地鳴りもなくなり、出雲の街に夜の静けさが戻った。

「突然現れて突然消えるなんて、神出鬼没な妖怪でしたなぁ」

「うん。それにあの如雨露の水って……」

　だいだらぼっちが水と混ぜ合わせていた花粉に、秘密があるのだろうか。

　……花を元気にする水。

「河童さんのところに戻ろう！」

「な、何故ですか？」

「あの花粉のことを聞いてみるの！」

　見初は雷訪の質問にそう答えて駆け出した。

「ううーん……あんまり教えたくないなぁ」

眉間に皺を寄せて渋る河童だが、獣たちも負けじと食い下がる。

「そこを何とか！　決して他言はいたしません！」

「胡瓜百本買ってきてあげるから！　見初姐さんが！」

「こらっ！　そこは風来たちもお金出してよ！」

見初はすかさずツッコミを入れ、咳払いをしてから説得に加わった。

「お願いします。どうしても助けたい花の精がいるんです！」

見初が深々と頭を下げると、河童は「花の精……」と事情を察したようだった。

「まあ、鈴娘たちなら大丈夫かぁ。特別に教えてやる」

「河童さん、ありがとうございます！」

「だけど、他の人には絶対に内緒」

「はい。絶対に誰にも言いません」

二匹とともに、力強く頷く。すると河童は悠然と語り始めた。

「あれは『いわさきばな』って花の花粉だぁ」

「岩に咲くお花ってこと？」

風来が名前の由来を質問する。

「岩を裂く花って意味だぁ」

見た目も名前も可愛くない。

「岩裂花は月明かりに反応して時々咲く花なんだぁ」

「時々？　他にも開花の条件があるのですかな？」

雷訪の問いに、河童は首を横に振った。

「それは私たちもよく分からない。日本各地に自生しているけど、咲く時期がバラバラなんだ。だけど、だいだらぼっちは何故かいつどこで咲くのかを知っていてなぁ。その時期になると、ふらーっとやって来るんだ」

「河童さん、いつもお皿を貸しているんですか？」

「いんや、今夜は特別。岩裂花が咲く山には珍しい木の実がなるから、それを取ってきてもらう代わりになぁ。木のてっぺんに実ったものが一等甘くて美味いんだ」

河童は語りながら、夜空を照らす満月を見上げた。

「岩裂花の花粉は、どんな枯れた植物でもたちまち蘇らせる力を秘めていてなぁ。だいだらぼっちはそれを水で薄めて、調子の悪い花にかけてあげてるんだ」

「やっぱりあの水なら、花の精を治せるかも……！」

見初が期待で頬を緩ませる。

「河童さん、だいだらぼっちがどこに行っちゃったか分かる？　急にふわーって消えちゃったんだ」

「さぁ……ただ、明日には東北辺りに行くみたいだなぁ」

「何ですと⁉ でしたら、すぐに岩裂花の花粉を集めに行かなくては……！」

見初たちが慌ただしく山へ向かおうとすると、河童が少し気まずそうに引き留めた。

「あの花は一度咲くと、十分もしないうちに枯れてしまう。次に開花するのは数十年後だなぁ」

◆　◆　◆

狸に作ってもらった傘を握り締め、少年は満月に照らされた夜道をとことこと歩き続けていた。

「おばあちゃん、どこにいるのかな」

きっと自分の助言通り、病院という場所に行ったのだろう。けれど夕方になっても帰って来ない。少年は初江が心配になり、探しに行くことにしたのだ。

途中で出会った妖怪たちに病院の場所を聞いて、転々と巡り続ける。そのうち、オレンジ色の空は葡萄色に染まり、葡萄色の空は墨色へ染まっていった。

月や星が綺麗な夜だ。時折空を見上げながら、少年は初江と過ごした日々を思い返す。

『綺麗な空ねぇ』

こんな日の晩、初江は少年を手のひらに乗せて、縁側から夜空を眺めていた。

『お月様は優しいね。お日様と違って、僕のことを嫌わないでくれるんだ』

『あらまあ。お日様はあなたのことが嫌いなの？』

『僕は出来損ないだもん。だから太陽の光を浴びると、消えちゃうんだよ』

『……そんなことないわ。お日様はね、お花がとっても大好きなのよ。きっとあなたとも仲良くなりたいって思っているわ。だけどその方法が分からなくて、あなたを傷付けてしまうのね』

しわくちゃの指で頭をそっと撫でられる。

そうなのかな、と少年は目をぱちくりさせる。仲間たちは、「出来損ないだから、太陽が怒ってる」って言っていた。

けれど、おばあちゃんの言う通りだったらいいな。僕も、いつかお日様と仲良くしたい。

「はぁ……はぁ……」

どの病院にも初江の気配はしない。本当に病院に行ったのだろうか。不安に駆られながらも、探すのをやめずにひたすら歩き続ける。空はいつの間にか、明るくなり始めていた。

そして辿り着いたのは、他よりも古びた建物だった。

扉は固く閉ざされているが、中から慣れ親しんだ気配がする。

「！　おばあちゃん、ここにいるんだ……っ」

弾かれたように駆け出す少年だったが、目の前の小石につまずいて転んでしまう。

「うわぁっ!」

その拍子に傘も手放してしまい、ころころと転がっていく。早く取りに行きたいのに、体が思うように動いてくれない。少年の体は、もう限界を迎えていたのだ。

どこからか、小鳥のさえずりが聞こえてくる。朝が訪れようとしている。

「おばあちゃん……」

最後に、もう一度会いたかった。

だけどもういいや、おばあちゃんが元気になるなら。

少年は安心したように微笑みながら、静かに目を閉じた。


暖かな日差しが降り注ぐ早朝。初江は車椅子に乗せられて、看護師と病院の裏庭を散策していた。

「里中さん、今日もいい天気ですね」

「ええ。でも、お散歩に付き合わせちゃってごめんなさい」

「そんなこと仰らないでください。ずっと病室に籠もっていると気も滅入ってしまいますから、こういう時間も大事ですよ」

看護師は車椅子を押しながら、笑って言った。初江もつられて頬を緩めようとした時、強めの風が吹いた。裏庭に植栽された常緑樹がざぁぁ……と葉擦れの音を立てる。

直後、強風に押し出されるようにして、何かが飛ばされてきた。

「包帯？」

看護師が不思議そうに呟く。だがよく見ると、それは細長く切った布切れだった。紺色の生地に、山吹色の花が描かれている。

「あれは……」

初江が急に立ち上がり、ふらついた足取りで歩き出す。

「里中さん、どうしましたか？」

看護師の呼びかけにも応えず、ゆっくりと身を屈めて布を拾い上げる。そして仄(ほの)かに香る花の匂いに、息を詰まらせた。

この香りは、あの子の……

呆然としている初江の視界の隅に、白いものが映り込む。紙皿と割り箸で作った、小さな小さな傘だった。

その瞬間、すべてを悟った。

「ああ……ああ……っ！」

初江はその場に座り込み、布切れを抱き締めながら泣きじゃくった。

午後になると、主治医が病室にやって来た。

「里中さん、お体の具合はいかがですか？」

ベッドの上でぼんやりとしていた初江に向かって、にこやかに声をかける。初江は手にしていた布切れを布団の中に隠しつつ、会釈をした。

主治医はパイプ椅子に腰を下ろし、穏やかに語り始めた。

「以前もお話しした通り、里中さんの病状はかなり悪化しています。このまま投薬治療を続けても、恐らく効果はありません」

「……そうでしょうね」

初江は落ち着いた声で相槌を打った。

「ですから、やはり手術を受けていただくことをおすすめします。向こうの病院なら、最新の医療設備も整っていますし、完治する可能性も高い」

「…………」

「里中さんが手術を不安に感じるお気持ちは、よく分かります。しかし今のままでは……」

「先生」

主治医の言葉を初江が遮る。

「私、手術を受けようと思います。あちらの病院へ転院させてください」

それを聞いた主治医は、ふっと表情を緩めた。

「そうですか……！　では早速紹介状を作成いたしますね」

「今までワガママを言って、申し訳ありませんでした」

「いいえ。きっとご家族も安心なさると思いますよ」

頭を下げる初江に、主治医は柔らかい口調で言った。転院の説明をして、「それでは失礼します」と退室する。

引き戸に向かって一礼した初江は、布団の中から布切れを取り出して両手で包み込んだ。


やがて夜が訪れ、就寝時間を迎えても、初江は眠れずにいた。いつまでも布切れを手にしたまま、泣き腫らした目で窓の外を見詰め続ける。

あの子とも、こうして夜空を眺めていた。そんなささやかな思い出に浸っていると、
ズシン……ズシン……

聞き慣れた地鳴りに、初江は我に返ったように肩を震わせた。そして目を大きく見開く。

「……あらあら」

どこからか現れた巨大な大男が、ぬっと病室の窓を覗き込んできたのである。初江はベッドから下りて、窓辺へと歩み寄った。

「あなたがだいだらぼっちさん？　本当に大きいのねぇ」

朗らかに話しかける老女を、巨人の単眼がじっと見詰める。すると右手をゆっくりと持ち上げ、赤い如雨露を窓へ寄せた。

「なぁに？　私に見せてくれるの？」

——おばあちゃん！

ガラス越しに聞こえた子供の声に、初江は幻聴かと耳を疑った。

ぴょこっ。如雨露の注水口から元気よく顔を出したのは、あの花の精だった。満面の笑みで窓をぺちぺちと叩いている。

「おばあちゃーんっ！」

初江が驚いて窓を開けるなり、少年は手のひらに飛び乗ってきた。

「あらまあ、無事だったのね！　それに……」

少年が手足に負っていた火傷は、跡形もなく消え去っていた。

「あのね、だいだらぼっちが僕を助けてくれたんだ！　ほら見て、火傷もなくなったんだよ！」

「そうだったのね……」

両手を大きく広げて笑う少年に、初江は目を潤ませる。

「この水があれば、これからもおばあちゃんとずっと一緒に……」

そう言いかけた少年を、優しい声で遮る。

「よかったわ。あなたにもお友達が出来て……」

そして瞼を閉じて、語り出す。

「私ね、遠くの病院で手術を受けなくちゃいけないの」

「しゅじゅつ？」

「病気を治すことよ。それでその後は、息子夫婦と一緒に暮らすことになっているの。以前からここの先生に勧められていたんだけど、あなたのことが気がかりでずっと迷っていたの」

「…………」

一緒にはいられない。瞬時にそう悟った少年は、悲しげに顔を歪ませた。だが、ぶんぶんと大きくかぶりを振ると、嬉しそうな笑みを見せる。

「おばあちゃんの病気治るんだね。よかった！」

「……ありがとう」

初江と少年の目には、涙が滲んでいた。それでも、悲しい別れにしたくなくて、互いに微笑み合う。

墨色に染まっていた空はゆっくりと白み始め、夜が終わろうとしている。だいだらぼっちが何も言わずに、左手を窓へ近付けた。

「あっ。僕、もう行かなくちゃ！」

少年はだいだらぼっちの手のひらに飛び移って、そう言った。

「ああ、ちょっと待ってて」

初江はそそくさとベッドへと向かうと、枕元に置いていた物を持って再び窓辺へ戻る。

「はい、忘れ物」

それは、裏庭で布切れとともに拾った傘だった。

「えへへ……おばあちゃん、ありがとう。元気でね！」

「あなたもお元気で。……だいだらぼっちさん、この子のことをよろしくね」

だいだらぼっちはこくん、とゆっくりと首を縦に振った。

ズシン……ズシン……

そしてどこかに向かって、静かに歩き出す。

「おばあちゃん、ばいばーいっ！　またねーっ！」

だいだらぼっちの肩に乗り、少年が初江に向かって大きく手を振る。いつまでもずっと、ずっと。

「さようなら。……いつかまた、会いましょうね」

二人を見送る初江の頬を、一筋の涙が伝った。

◆◆◆

突き抜けるような青空の下、千夏はランドセルを背負って帰り道を駆けていた。今日は祖母がクッキーを焼いてくれるのだ。サクサクでほんのり甘いクッキーも、いつもニコニコ笑っている祖母も、千夏は大好きだった。

そして胸を弾ませながら自宅に帰ってくるなり、千夏はきょとんとして立ち止まった。玄関先に、白くて小さな花が数本添えられていたのだ。

「……かすみ草？」

ガーデニングが趣味の祖母は、庭に様々な植物を育てている。中でも一番好きな花はかすみ草なのだと、教えてもらったことがあった。

だが祖母が世話をしているかすみ草は、淡いピンク色だ。……いったい誰が持ってきたのだろう？

「まあいっか！」

きっと、おばあちゃんのお友達が届けに来てくれたんだよね。深く考えるのをやめて、千夏はかすみ草を拾い上げた。

大切に抱えながらドアを開けると、家の中は甘くて香ばしい匂いが漂っている。

「おばあちゃん、ただいまっ！　お家の前にお花置いてあったよー！」

早く祖母の笑顔が見たくて、千夏は台所へ急いだ。

第二話　轟くん

生い茂った若葉が目に鮮やかな、清々しい初夏。一台の観光バスが出雲市の長閑な街並みを走行していた。

「スマッチ持って来たの⁉　スマホはセーフだけど、ゲーム機はダメって言われたじゃん！」

「しっ！　三橋先生にバレたら没収されちゃうだろ！」

「出雲神社でお守り全種類買ってこいって、姉ちゃんに言われてるんだけど、大丈夫かなぁ？　欲張りすぎて、神様に怒られないかな……」

「ママなんて大吉引くまで神社のおみくじ買ってたし、平気平気！」

車内は小学生たちがゲームをしたり、談笑をしたりと大いに盛り上がっていた。左側の最前列席では、担任の三橋が彼らのはしゃぎ声を聞きながら、小冊子でこの後の予定を確認している。しかしその表情は硬く、度々溜め息を漏らしていた。

教師にとって修学旅行というのは、常に緊張と隣り合わせのイベントだ。問題が起こらないように、四六時中目を光らせていなければならない。しかも中・高生ならともかく、まだ小学六年生。新任の三橋には少しどころか、かなり荷が重い。

「先生、どうしたの？　元気ないよ」

「い、いや！　そんなことないぞ」

通路を挟んだ向かいの席に座っていた生徒に声をかけられ、三橋は笑顔を取り繕う。しかし担任の懸念を感じ取ったのか、生徒は励ますように言った。

「大丈夫だよ、轟くんがいるんだもん。何とかなるよ」

昼食はパーキングエリアのすぐ近くに位置するレストランでとることになっていた。島根県産の食材を用いた様々な料理が楽しめると、地元民からも人気を博している店だ。

生徒たちが席につくと、次々と豪華な料理が運ばれてくる。

だがここで、早くも問題が発生した。

「えっ⁉　確かに人数分予約しましたよ⁉」

三橋は困惑しつつ、店員に抗議した。事前にランチメニューを予約していたのだが、何故か一人分だけ用意されていなかったのである。

「こ、こちらの不手際でご迷惑をおかけして、申し訳ありません！　代わりのメニューをご用意いたしますので……！」

「困ったなぁ……」

三橋は頭を掻いた。それまで生徒たちを待たせていたら、料理が冷めてしまう。しかも午後の予定にも影響が出る。

ここは自分が昼食を抜いて……と、腹を決めようとした時だった。誰かが三橋の肩をつんつんと軽く叩いた。

「………」

「どうしたんだ、轟？」

轟と呼ばれた生徒は、料理が載せられたトレイを片手で持ち、そして三橋の目をじっと見詰めながらトレイを差し出した。

「待て、それはお前の分じゃ……」

当然拒否しようとしたものの、その様子を見ていた生徒たちが声を上げた。

「先生、轟くんには僕たちがおかずを分けてあげるよ！」

「だからそれは、先生が食べなよ！」

生徒たちが三橋を強引に着席させて、その目の前に轟がトレイを置く。その間に、他の生徒がおかずを分けるための小皿を店員に頼んでいる。

「すまないな、轟。みんなの厚意に甘えようか」

申し訳なさそうに伺う三橋に、轟が無言で頷いた。

「轟くん、お肉あげる！」

「じゃあ私はお魚！」

「いっぱい食べてね！」

生徒たちが我先にと自分のおかずを小皿に分け始める。一枚では盛り切れなくなり、追加の皿を用意してもらうことになった。

それらを黙々と、美味しそうに食べ進めていく轟。その光景を見ながらふっと溜め息をつくと、三橋もおかずを小皿に取り分けて差し出した。

そんな和やかな雰囲気の中、ただ一人だけ輪に入ろうとしない生徒がいた。

「おい健志。お前も轟くんにおかずあげろよ！」

「……僕はいい。あげない」

健志と呼ばれた少年はそう返しながら、訝しそうに轟を睨み付けていた。

◆◆◆

生徒たちの宿泊先は、ホテル櫻葉となっていた。これまで修学旅行生は受け入れていなかったのだが、他県のある小学校から申し出があったのだ。二日目に登山する予定の山に近い位置にあり、レストランの評判も良いというのが決め手となったらしい。

それに各学年にクラスが一つしかない田舎の学校だ。生徒数が少ないこともあり、受け入れを決めたのである。

チェックインの時間に合わせて、生徒や教師を乗せたバスが駐車場に停まった。降車する生徒の多くははしゃぎ疲れており、眠そうに目を擦っている子供もいる。

疲れた……。無事ホテルに到着したことで気が緩み、三橋は小さく欠伸を漏らす。この後、思わぬトラブルが待ち受けているとは、想像もしていなかった。

それはホテルに来館し、フロントで手続きをしている時だった。

「ご予約は28名様で承っております。お間違いありませんか？」

え、と三橋は面食らった。

「い、いいえ、私を入れて全部で29人です」

たどたどしく否定する三橋。今度は永遠子が「え？」と首を傾げる。

「そちらの学校からは、28名様でご予約を受けておりましたが……」

「そんなはずは……29人で間違いありませんよ。そうだ、学校に問い合わせてもらってもいいですか？　こちらを予約したのは、うちの教頭なんです。この時間なら、まだ残っていると思いますので」

「かしこまりました。少々お待ちください」

三橋に促されて、永遠子は受話器を手に取った。数回のコール音の後、年配と思しき男性が電話に出た。教頭と名乗った男性に、「念のために」と前置きしてから宿泊人数を確認する。

「ええ、はい……ありがとうございました。では、失礼いたします」

永遠子は受話器を置くと、怪訝（けげん）な面持ちで三橋に向き直った。

「やはり28名様とのことです」

「そんな。……うちの教頭が勘違いして予約したんだと思います。なあ、みんな？」

「そうだよ。教頭先生って、ちょっとおっちょこちょいなとこあるじゃん」

「この間も避難訓練の日にち間違えてたし」

「もう年だしね」

いつの間にか、教頭の悪口大会に発展していた。

（ひぃ、ふぅ、みぃ……）

その間、見初（みそめ）は密かに生徒たちの人数を数えていた。先頭から一人ずつ順番にカウントしていく。

（9……10……11）

小柄な子から、中学生かと見紛うような長身の子もいる。

（20……21……22……にじゅ……っ）

列の後半を数え始めた時、心の中のカウンターが停止した。

その生徒は、ベージュ色のヘンリーネックに灰色の腹巻き、下は黒い股引きという渋いファッションに身を包んでいた。

丸刈りの頭には、紅白のねじり鉢巻き。

新時代の子供たちの中で、一人だけ昭和の息吹を感じさせる出で立ち。

まるで中年のような……いや、どこからどう見ても中年男性だった。

「ふ、冬緒さんっ。何かヤバいのが……！」

「バカ！　声が大きいっ！」

冬緒が慌てて見初の口を塞ぐ。しかし冬緒もまたその中年を凝視していた。

「あちらは副担任の方ですか？」

永遠子の問いに、三橋が「は？」と生徒たちを見渡す。

「あのねじり鉢巻きの……」

永遠子がそう言いながら手で示した先を、生徒たちが一斉に見る。そして何故か不思議そうな表情で互いの顔を見合わせた。

「え……？　轟くんだよ？」

「うん、轟くんは轟くんだよね？」

質問の意味が分からないと、首を傾げている。すると三橋も、後ろを振り返りながら一言。

「うちの生徒がどうかしましたか？」

「いえ、その……」

当たり前のように異物の存在を受け入れている彼らに、永遠子が返答に窮している時だった。「永遠子さん、永遠子さん」と小声で呼ぶ声がした。

「天樹くん？」

声の主は十塚天樹だった。こちらに向かって、ちょいちょいと手招きをしている。永遠子が「失礼します」と断ってからフロントを抜けると、天樹は中年を一瞥して言った。

「もしかしてアレって、『轟くん』じゃない？」

「天樹くん、あの人のことを知ってるの？」

永遠子は声を潜めて尋ねた。

「知ってるも何も……ほら、あの轟くんだよ」

「あっ！」

その名前を連呼する天樹に、ようやく合点がいった永遠子が小さく叫んだ。そして天樹と二言三言交わしてから、何事もなかったかのようにフロントへ戻る。

「と、永遠子さん……」

この異常事態に狼狽える見初と冬緒。彼らを安心させるように笑顔を向け、永遠子は三橋に視線を移した。

「お待たせいたしました。それでは、ご利用を29名様に変更させていただきますね」

「え、大丈夫なんですか？　部屋だけじゃなくて、食事とかも……」

安堵と不安が入り交じる表情で三橋が訊く。

「はい。今はちょうど閑散期ですので、部屋も空いております。食事もいつも余分に材料を仕入れていますので、問題ございません」

「ありがとうございます。ほんとに助かりました……」

淀みなく答える永遠子に、ほっと胸を撫で下ろす。

一方男子生徒たちは、部屋割りで盛り上がっていた。

「轟くんは、僕と同じ部屋ね！」

「勝手に決めんな！　俺とだよ！」

わんぱく坊やたちが中年を取り囲み、争奪戦を繰り広げている。

「こら！　他のお客さんの迷惑になるから、静かにしなさい！」

三橋は生徒たちをたしなめ、「すみません」と永遠子や見初に頭を下げた。

「まさか、轟くんが実在していたなんてね」

三橋や生徒たちが客室へ向かった後、永遠子がしみじみと言った。その横で、天樹が神妙な顔で頷く。

「僕だって、まさか本当にいるとは思わなかったよ」

「二人とも、あの人のことを知ってるんですか……？」

見初が二人の会話に割って入る。その問いに天樹が答えた。

「うん。アレは『轟くん』っていう都市伝説の一種なんだ」

「と、都市伝説？」

「突然修学旅行生の中に紛れ込み、生徒や教師の記憶を操作して、あたかも以前からクラスメートだったように振る舞う。そして最終日の帰り際、風とともに静かに去っていく……それが轟くんだよ」

「ただの変質者じゃないですか！」

どこか芝居がかった語りに、見初がキレの良いツッコミを入れる。

一方冬緒は、『記憶の操作』という点に着目した。

「じゃあ、あいつは妖怪ってことなのか？」

「それがよく分からないの。私も匂いで気付くことが出来なかったし」

正体不明の変質者。その字面に薄気味悪さを感じながら、見初は新たな疑問を口にした。

「だけど、見た目が完全に中年男性じゃないですか……全然小学生に擬態出来てませんよ」

生徒や教師の目を欺けても、第三者はそうもいかない。一歩間違えれば、通報されかねない。

「それがね、轟くんは轟さんだった時もあるの」

はい？

「轟さんはね、黒髪の美女だったそうよ」

真っ赤なルージュが似合う？

「杖をついたおじいさんだった頃もあるし……」

よぼよぼのおじいさん？

「その時の気分で、姿を変えてるのかしら？」

永遠子は頬に手を添えて呟いた。要するに、その辺りも謎に包まれているらしい。

「それはさておき、私たちみたいな霊感がある人間以外は、轟くんを見ても違和感に気付くことが出来ないらしいの」

「違和感しかないだろ」

冬緒が渋い顔で指摘するが、永遠子はさらに言葉を続ける。

「なんて言ったらいいのかしら……例えば少し太ってるとか、背が高いとか、そういう一種の個性として認識してしまうそうよ」

轟くんのことを知れば知るほど、新たな謎が増えていく。あの中年の正体を詮索するのをやめて、見初は一つ気になることを聞いてみた。

「轟くんは、何が目的でそんなことをするんですか？」

「目的なんてないと思うわ。轟くんはただ生徒たちと楽しい一時を過ごすだけ。それに轟くんが去った後、生徒たちの記憶から彼に関することはすべて消えてしまうの。そして楽しかったって感情だけが残るそうよ」

立つ鳥跡を濁さず、ということだろう。

「何か……不思議な人ですね」

「轟くんは轟くんってことよ」

見初の呟きに、永遠子はそう返して話を締め括った。


「二人は先に寮に戻ってて。私はもう少し残ってるから」

「はい。それじゃあ、お先に失礼しますね」

夕方になり、就業時間を終えた見初と冬緒がホテルから退館する。

二人を見送った後、永遠子が現在の空室状況を確認していると、眼鏡をかけた少年がフロントにやって来た。恐らく先ほどの修学旅行生だろう。迷子にでもなったのであろうか、何やら硬い顔をしているのを見て、永遠子は優しく声をかけた。

「どうしたの？　レストランの場所探してるの？」

「………」

ふるふる。少年は首を横に振った。

「何か困ったことでもあった？」

こくん。少年は首を縦に振った。そしてキョロキョロと周囲を見回し、他に人がいないことを確認してから重い口を開く。

「助けてください。このままじゃ、僕たちのクラスが奴に支配されてしまいます」

「し、支配？」

子供らしからぬ不穏な単語が飛び出し、永遠子は目を瞬かせた。

「僕は学級委員長をしている田中（たなか）健志と言います」

健志はかしこまった様子で自己紹介すると、再び周囲に目を配った。あからさまに何かを警戒している。

他の人には聞かれたくないのだろうか。永遠子が真っ先に思い付いたのは、いじめの三文字だった。あるグループがクラス全体を牛耳（ぎゅうじ）っており、外部の人間に助けを求めてきたのかもしれない。

「……何があったのか、詳しく聞かせてくれる？」

永遠子がそう促すと、健志は静かに語り始めた。

「僕たちは異星人の侵略を受けています」

「ん？」

「今ここで奴らを食い止めないと、地球が乗っ取られてしまうんです！」

「それは……大変ね……」

曇りなき眼で見詰められ、永遠子は少し悩んでそう相槌を打った。小学生男児に一目惚れされて「結婚してください」とプロポーズされた経験はあれど、この星の危機を訴えられたのは初めてである。

その微妙な反応で、信じてもらえていないと察したのだろう。健志はむっとすると、両手で永遠子の手を掴んだ。

「証拠を見せます！　こっちに来てください！」

腕を引っ張って連れて行かれたのは、レストランだった。この時間帯は修学旅行生の貸し切りとなっており、店内からは賑やかな声が聞こえてくる。

入口から中の様子を窺いながら、健志があるテーブルをビシッと指差す。

「ほら、あれを見てくださいっ！」

そこには、すき焼き用の生卵を片手で割る中年の姿があった。同席していた生徒たちが「おぉー」と声を上げる。

「やっぱり轟くんはすごいや！」

「轟くん、お願い！　私のも割って！」

「僕のも……」

他のテーブルの生徒からも頼まれ、中年は無表情で頷いた。パカッ、パカッと流れるような動きで次々と割っていくが、面倒臭くなってきたのか、途中から両手にそれぞれ持って割り始めた。

「……ね⁉」

「『ね⁉』って言われても……」

健志に鬼気迫る顔で同意を求められ、永遠子はたじろいだ。

「卵を同時に二個も割ってるじゃないですか！　あんなの人間業じゃないですよ！」

「あれくらい、うちの料理長も出来るんじゃないかしら」

「そ、そうなんですか？」

永遠子にさらりと切り返されて、健志が一瞬拍子抜けした表情を見せる。しかし轟くんへの疑いは晴れないのか、さらに続ける。

「だけど、ああやって特技を披露することで、クラスメートを手なずけているんですよ！」

健志は険しい顔で睨み付けた。すき焼きを煮込みながら、勝手に持ち込んだエイヒレを固形燃料で炙っている轟くんを。

「き、気のせいじゃない？　みんなの卵を割ってあげてるなんて、いい子じゃないの」

「僕のクラスにあんなオッサンはいません!!」

健志が声を張り上げる。そこで永遠子は、この少年が異常なまでに轟くんを警戒している理由に気付いた。

「オッサンだなんて……お友達をそんな風に言っちゃダメよ」

「友達じゃありませんよ！　だって、あのオッサンとは今日初めて会ったんですよ⁉」

大人の白々しい説得など通用しない。健志は若干怯えた様子で、バスの中での出来事を語り出した。

「あ、あいつ、いつの間にか僕の後ろの席に座っていたんです。新聞を広げながら、ラジオを聞いてて……すぐに先生に『変質者が乗ってる』って言いました。でも『轟に何てことを言うんだ』って注意されちゃったんです」

「で、でも、新聞を読むなんて勉強家じゃない」

永遠子は戸惑いながらも、轟くんのフォローをする。

「新聞は新聞でも、スポーツ新聞ですよ⁉」

スポーツ新聞？　永遠子の脳裏に、競馬欄を読み耽る中年の姿が思い浮かんだ。

「誰も轟くんのことをおかしいって思ってないみたいで……だけど、お姉さんはおかしいって気付いたから、あんなことを聞いてたんですよね？　お姉さんだけは僕の味方ですよね⁉」

「え？」

「一緒に地球を守りましょう‼」

健志の目は本気だった。

「ええと……そもそも、どうして轟くんを異星人だと思っているの？」

永遠子はさりげなく話題をすり替えた。

「ネットで見ました。こっそり人間社会に溶け込んで、侵略計画を進めているそうです」

小学生にインターネットは早すぎたのかもしれない。「ちなみに異星人の名前は……」

と勝手に熱弁し始める姿に、永遠子はいよいよ健志の精神状態が心配になってきた。

そして宇宙少年の肩をポン……と叩く。

「健志くん、違うの。轟くんは異星人じゃないわ」

「じゃあ何者なんですか？」

「……それは私にも分からないわ。でもね、こんな都市伝説があるの」

「都市伝説？」

健志が眉を顰(ひそ)める。

「言い伝えではね……」

永遠子が重い口調で、都市伝説を語り始めた。健志も神妙な顔で耳を傾ける。

「……でもね、轟くんはただみんなと遊びたいだけで、害はないらしいの。だから安心して……」

「僕は信じません」

健志は永遠子の言葉を遮(さえぎ)った。

「だって都市伝説なんて、所詮噂ですよね？　こっちにはちゃんと証拠があるんです」

「……仮にね。轟くんが異星人だったとしても、悪いことをするようには見えないけど……」

慎重に言葉を選ぶ永遠子だったが、次第に健志の顔には失望の色が浮かんでいった。

「……もういいです。変なことを言って、すみませんでした」

ぺこりと頭を下げて、客室のほうへとぼとぼと歩き出す。

「健志くん、待って。ご飯食べないの？」

「さっき少し食べたから、もういいです……」

引き留めようとする永遠子に、健志は暗い声でそう答えた。

その数時間後、見初はホテルの売店へ急いでいた。新商品の菓子が入荷したと、つい今しがた風来(ふうらい)と雷訪(らいほう)から聞かされたのである。

「お菓子が……私を待っている……っ！」

しかし店が見えてきたところで、見初は「おや？」と目をぱちくりさせた。普段客の入りが疎(まば)らな売店が、いまだかつてない盛況を見せている。

修学旅行生が買い物にやって来ているのだ。

「はっ……！」

嫌な予感がして、菓子コーナーへ急行する見初。思った通り、既にあらかた狩り尽くされた後で、お目当ての商品も完売していた。

「わ、私のお菓子が……」

がっくりと落胆し、売店を後にしようと振り向いた矢先、ある人物が悠然とした足取りで来店するのが見えた。轟くんである。

いったい、何を買うのだろう。見初はこっそり観察することにした。

「轟くんも早くお菓子とジュース買いなよー」

先に買い物を終えた生徒にカゴを渡され、轟くんは頷いた。

まずは、乾き物のコーナーで焼きめざしとサラミソーセージをカゴの中に入れる。次に、その隣の棚に陳列されているカップの日本酒を手に取り、レジへ向かう。

「轟くん、ちょっとお店の外でお話しようか」

そして一部始終を見ていた見初にカゴを奪い取られ、店外へと連行されていく。

「子供たちの目の前で、お酒はダメだよ。教育に悪い」

「………」

反省の言葉はないものの、コクリと頷く。

「じゃあ、お店の中に戻っていいよ」

見初の許可を得て、再び店内に戻っていく。先ほどのように乾き物をいくつか選び、ドリンクコーナーへと移動する。

生徒たちに人気の炭酸ジュースには目もくれず、轟くんは缶ビールをカゴに入れた。

「コラッ」

一度ならず二度までも。傍らで行動を監視していた見初は、缶ビールを元の場所へ戻した。だが性懲りもなくチューハイに手を伸ばそうとしているので、先手を打って健康茶をカゴに放り込んだ。

「…………」

「文句があるなら、おつまみも買わせてあげないよ！」

じっと見詰めてくる轟くんに、見初は心を鬼にして言った。それが効いたのか、レジに向かって足早に歩き出す。

「三点で１０５１円になります」

店員が合計金額を告げると、轟くんは腹巻きの中から小銭を取り出した。その拍子に、外れ馬券やパチンコ玉が足下に散らばった。

「轟くん、ギャンブルが趣味なの？」

「…………」

「まさかとは思うけど、修学旅行生と競馬場とか行ってないよね？」

「…………」

「信じていいんだよね⁉」

見初の追及から逃れるように、轟くんが売店を出る。するとそこには、数人の男子生徒が待っていた。

「おかえり轟くん。一緒に戻ろうぜ！」

「後でさ、みんなで花札するんだよね。すっごい楽しみ！」

「あ、でも僕、花札のルール分かんない……」

「轟くんが教えてくれるってよ！」

先ほどのやり取りのこともあり、彼らの会話を聞いて見初は不安になった。そして暫く経ってから、部屋に様子を見に行くことにした。緊急時に備えて、三橋からホテル側に部屋割り表を渡されていたのだ。

「白玉も付き合ってくれてありがとう」

「ぷぅぷぅ」

頼れる相棒を連れて、問題の客室に辿り着く。かなりエキサイトしているのか、子供たちのはしゃぎ声が廊下に漏れ出ている。

「花札してるのかな？」

見初はドアの前で聞き耳を立てた。

「丁！」

「半！」

「丁！　丁っ！　……半だったかぁ」

　時代劇でしか聞かないような単語が飛び交っている。

「サイコロも面白いけど、また花札やろうよ！」

「さんせー！」

「よーし、今度こそ轟くんに勝って、お菓子を取り返すぞ！」

　聞き捨てならない言葉を耳にしたところで、見初はドアを数回ノックした。「はーい」と部屋の中から、子供たちの返事が聞こえてくる。

「………」

　ドアを開けたのは轟くんだった。訪問者を一目見るなり、すぐさま閉めようとする。しかし見初が素早くドアに足を挟んだため、失敗に終わった。

「ホテルの人だ。どうしたんですか？」

　生徒の一人が不思議そうに尋ねる。

「君たちこそ、こんな時間まで何をしてるの？」

　見初はテレビの右下に表示されている時間を見ながら訊いた。他の部屋の生徒は、とっくに眠っている時間だ。

　すると別の生徒が、特に悪びれる様子もなく答えた。

「僕たち、轟くんに遊びを教えてもらってただけです！」

彼らの周りには、小分けパックのお菓子がいくつか置かれている。そして、つい今しがたまで轟くんがいたであろう場所に積み上がったお菓子の山。その傍らには二つのサイコロと壺笊。

この一室で何が行われていたのか、容易に想像がつく。見初が轟くんを見ると、サッと視線を逸らされた。

「大事な話があるから、ちょっと部屋の外に出ようか！」

有無を言わさず廊下へ連れ出し、その場に正座させる。

「轟くん、賭博は流石にヤバいって！　あの子たちが将来ギャンブルにハマっちゃったらどうすんの⁉」

「……申し訳っっ‼」

初めて轟くんが口を開いた。野太いバリトンボイスが廊下に響き渡る。

だがしかし、誠意がこれっぽっちも感じられない。見た目も嗜好もオッサンのくせに、こういうところだけは子供っぽい。

「今度やったら、轟くんだけ朝ごはん抜きにしてもらうよ！　いいの⁉」

「かしこまりっっ‼」

「嘘だ！　全然信用出来ないっ‼」

轟くんにつられて、見初の声量も大きくなる。すると男子生徒たちも部屋から出てきた。

景に、見初の怒りもシュルシュルとしぼんでいく。

「轟くんをいじめるな！」

「そうだ！　轟くんが可哀想だろ！」

「今からみんなで花札するんだから、邪魔しないでください！」

　正座している中年を守るように、小学生たちが取り囲んでいる。あまりにも情けない光景に、見初の怒りもシュルシュルとしぼんでいく。

　そして、ふと気になった。

「轟くんって……花札、強いの？」

　その問いに、生徒たちは「うん」と即答した。

「轟くんの花札の腕はかなりのものだよ」

「三橋先生もボロ負けだったもんね」

　と、生徒の一人が見初に尋ねた。

「よかったら、お姉さんも轟くんと遊んでみる？」

「え、いいの？」

　生徒に連れられて、見初が部屋へ入っていこうとする。その時、足下で「ぷぅ」と鳴き声がした。視線を下に向けると、白玉が見初の足にしがみついていた。

「ぷぅ、ぷぅ！」

　首を横に振る姿に、見初ははっと我に返る。ここは大人として、誘いに乗るわけにはいかない。

「誘ってくれてありがとう。だけど今夜はもう遅いから……」

「轟くんに負けるのが嫌なんでしょ」

その何気ない一言が見初のプライドを傷付けた。

そして轟くんがこちらを直視しながら、慣れた手付きで花札を切り始めた。明らかに挑発してきている。

「轟くん……後悔しても知らないからね」

見初の闘争心に火がついた瞬間だった。

そして一時間後。ベッドの上には、花札が綺麗に並べられていた。

「おりゃー、猪鹿蝶っ！　今度こそ私の勝ちだよ！」

「………」

「赤短と……ご、五光⁉　また負けた……っ！」

いくら得点の高い役を揃えても、最終的に逆転されるという体たらく。見初は順調に連敗記録を更新し続けていた。

「轟くん、イカサマでもしてるんじゃないの⁉」

とうとう不正を疑い始めると、轟くんはチッチッチと人差し指を左右に振った。勝者の余裕を窺わせる仕草が、見初をさらに煽る。

「あと一戦！　あと一戦だけやらせて！」

「さっきもそう言ってたじゃん」

「僕たちもう寝たいから、お姉さん帰ってよ……」

生徒たちの眠気はピークに達していた。見初に呆れながらも様子を窺っていた白玉も、いつの間にか姿を消している。

「やだ！　勝つまでやめないっ！」

ただ一人、見初だけが白熱していた。往生際悪く轟くんに再戦を申し込む。

「今度こそ、今度こそ絶対に……」

据わった目で、自分の持ち札を睨み付けている時だった。誰かが背後から見初の肩を叩いた。

「ごめん、もうちょっとで終わるから！」

ケリがついたら寝かせてあげる。そう思いながら、後ろを振り返る。

「見初ちゃん、そろそろおしまいにしましょうね」

満面の笑みを浮かべる永遠子と目が合った。その傍らには白玉の姿もある。永遠子を呼びに行っていたらしい。この状況で白玉が切れる最強の手札だった。

生徒たちが見守る中、見初と轟くんは部屋の前で正座させられた。

「轟くんだけじゃなくて、見初ちゃんまで……何してるのよ、二人とも」

「すみませんでした……」

返す言葉もございません。見初は素直に謝った。

一方、轟くんは厳しい表情で仁王立ちする永遠子を無言で見上げていた。いや、正確には永遠子の手の中にある物を。

花札をケースごと没収されてしまったのである。

「これは帰る時まで預からせていただきます。分かった？」

「………」

轟くんの視線が花札から永遠子の顔に移った。威圧感のある目で、じっと凝視している。

しかしそれに怯む永遠子ではなかった。反省の色が見られない中年に、最後通牒をつきつける。

「文句があるなら、ホテルから出て行ってもらうわよ」

途端、轟くんは両目をくわっと見開いた。それから横にいる見初をチラリと見る。

「こっち見てないで、早く謝りなって！　永遠子さん、本気だよ！」

このままでは、本当に追い出されてしまう。見初は轟くんの肩を揺さぶって、謝罪を促した。

その説得が功を奏したのか、轟くんが再び永遠子を見上げる。

そして数秒ほど間を置いてから、

「面目ないっっ!!」

「……そう。分かってくれたなら嬉しいわ。それじゃあ、おやすみなさい。見初ちゃんも早く寮に戻ってきてね」

雄々しい謝罪に、永遠子の表情が柔らかくなった。見初にも声をかけ、その場から去って行く。

「よかった……！」

どうにかこの場が丸く収まり、見初はほっと胸を撫で下ろす。轟くんが「謝ったのに花札を返してくれない」と言いたげな顔をこちらに向けたが、気付かない振りをした。

◆　◆　◆

修学旅行の二日目。この日は登山の予定になっているが、早くもアクシデントが発生した。数人の生徒が、朝食の時間になってもレストランにやって来ないのだ。轟くんと、彼と同室の生徒たちだ。

昨晩寝る時間が遅かったせいで、全員寝坊してしまったのである。おかげで出発時間も遅れてしまった。

「スタッフがご迷惑をおかけして、大変申し訳ございませんでした」

「いえ。遅れると言っても20分くらいですので、お気になさらないでください」

深々と腰を折る永遠子に、三橋が遠慮がちに言う。と、バスの運転手が慌てた様子で二人へと駆け寄ってきた。

「先生、大変です。さっき山の近くで玉突き事故があったみたいなんです」

「えっ、ほんとですか⁉」

「はい。それも、つい10分くらい前だそうです。予定通り出発していたら、私たちも事故に巻き込まれていたかもしれませんよ」

運転手の話を聞いて、三橋は愕然とした。

「じゃあ、轟くんたちが寝坊したおかげで、事故に遭わずに済んだってこと？」

「やっぱり轟くんはすごいや！」

その後出発したバスの車内は、事故の話題で持ち切りになっていた。誰も轟くんが寝坊したことを咎めようとはせず、むしろ英雄扱いだ。

その轟くんは窓の外を見ながら、焼きめざしをボリボリと食べていた。いつもと変わらない無表情だが、どこか哀愁を漂わせている。

「あれっ？　轟くん何か元気ないね」

「昨日の夜、ホテルの人に花札を没収されちゃって、落ち込んでるみたい」

「元気出しなよ。後でみんなでトランプしてあそぼ！」

「お昼ごはんの時に、からあげ分けてあげるね」

ぼんやりと黄昏れている轟くんに、皆温かい言葉をかけている。

しかし健志だけは、轟くんの前の座席でむすっと口をへの字にしていた。

事故に遭わなかったのは、単なる偶然だ。だというのに、何故こぞって轟くんを賞賛しているのか、健志には理解出来なかった。

（大体、あのオッサンたちのせいで遅くなったのに、どうして誰も怒らないんだ。先生も『あいつらのおかげで助かった』って笑ってたし、絶対におかしい！）

やはり自分たちのクラスは、異星人に支配されてしまっているのだ。そうでなければ、皆がこんな中年を慕うはずがない。

（僕は騙されないぞ、異星人め！）

健志は鼻息を荒くしながら、心の中で誓ったのだった。


数十分後到着したのは、出雲市内にある標高456メートルの旅伏山だ。『出雲風土記』によると、かつては緊急時に狼煙を上げて急を知らせる烽が設置されていたという。

また、八束水臣津野命という国引きの神が休息した地としても知られる。当時の出雲の国を見て「この国、小さくね？」と思ったこの神様は、他国の土地の一部に綱をつけて手繰り寄せ、出雲の国と合体させた。そして誕生したのが島根半島である。

ちなみに彼の孫は、日本神話のビッグネームであり、出雲大社に祀られている大国主神だ。

「本日皆さんに旅伏山をご案内させていただきます田中と申します。短い間ですが、よろしくお願いいたします」

生徒たちに恭しくお辞儀をしたのは、男性の登山ガイドだ。年齢は五十代前後で髪には白髪が交じっているが、職業柄かがっしりとした体格をしている。

ガイドがコースの説明や注意事項を述べる間、健志は斜め前方の人物を鋭く睨み付けていた。

周りの生徒たちがジャージにスニーカーといった登山に適した服装をしている中、轟くんは昨日と変わらず腹巻きに股引という出で立ちだった。しかも履いているのは、見るからにバランスの悪そうな一本歯の下駄。荷物も、昼食などが入ったコンビニのビニール袋だけだ。

(近所のお花見に行くんじゃないんだぞ!)

山登りを舐め切っているとしか思えない。

ガイドを先頭にして、木漏れ日が降り注ぐ登山道を進んでいく。鹿対策のフェンスを抜けると、勾配の急な横木の階段が現れた。

「こ、この階段結構キツいぞ……」

誰よりも早く音を上げたのは、最後尾の三橋だった。ふぅふぅと息を切らしており、足元もふらついている。

「もう少しで休憩だから、先生頑張って！」

軽快な足取りで階段を上りながら、生徒たちが三橋の様子を窺う。日頃から校外学習で山に登る機会の多い彼らと違い、今年赴任してきたばかりの教師にとっては、過酷な道行きだった。

このままでは、生徒たちの足手まといになってしまう。あまりの不甲斐なさに、少し泣きそうになっていた時だった。

「……ん？」

カランコロンと下駄を鳴らしながら、一人の生徒が三橋の下へやって来た。そして無言で手を差し出す。

「轟くんが先生の荷物持ってくれるってよ」

他の生徒がすかさず言葉を補った。

「い、いや、自分で持てるから大丈夫だ」

「無理しないで先生！」

「そうだよ。先生だけはぐれちゃったら、どうすんの！」

生徒たちは遠慮する三橋からリュックサックを奪い取ると、スポーツ飲料だけを取り出して「はい、お願いっ！」と轟くんに預けた。

「あ、おいっ！　返しなさい、轟！」

三橋が慌ててリュックサックを取り戻そうとするが、轟くんはその呼びかけを無視して自分の列へと戻っていく。

その一部始終をチラチラと見ていた健志は、ぷっくりと頬を膨らませた。

途中で休憩を挟みながら歩くこと約2時間。山頂付近の展望台に到着した。眼下には広大な平野が広がっていて、その景色を眺めながら食事を始める。

「ごはん、ごはんっ」

「早く食べようよ！」

昼食はホテル櫻葉が用意した弁当だった。保冷バッグからいそいそとランチボックスを取り出す。その中には、梅おかかのおにぎりと手作りのおかずが詰め込まれていた。

その中でも一番人気は、お弁当の定番、からあげである。

「お肉柔らかーいっ！」

「お母さんが作るのより、美味しい！」

運動した後の食事は格別だ。生徒たちは幸せそうに料理を頬張っていく。

だが健志だけは一人ぽつんと離れて、おにぎりをちびちびと食べていた。その視線の先には、クラスメートに囲まれながら食事をとる異星人の姿があった。

「……何だよ、みんなでチヤホヤしてさ」

健志はランチボックスをリュックサックにしまうと、あてもなく歩き出した。が、心配してついてくる生徒は誰もいない。

「仲間なんていらないぞ。僕一人で轟くんを倒してみせるんだ……！」

ぶつぶつと呟きながら歩き続けていたが、健志はふと立ち止まった。

「あれ？　ここ……どこだろ」

いつの間にか展望台からずいぶんと離れてしまっていたらしい。鬱蒼と茂る木々の中で、健志は恐る恐る周囲を見回した。

早くみんなのところに戻らないと。けれど、元来た道も覚えていない。そのことに気付いて暫し立ち尽くしていたが、はっと妙案が浮かぶ。

「そうだ！　先生に連絡……」

急いでリュックサックからスマホを取り出そうとするが、途中で手を止めた。

誰にも頼るもんか、僕一人で何とかするんだ。

健志はそう決心して、道なき道を歩き出した。

時を同じくして、展望台では健志の姿が見えないと大騒ぎになっていた。昼食後に三橋が人数を確認すると、27人しかいないのである。

「委員長どこに行っちゃったんだろ……⁉」

「早く探しに行かなくちゃ！」

和やかな雰囲気から一転、生徒たちはパニックに陥っていた。

「みんな落ち着くんだ！　健志は先生と田中さんで探しに行く。先生たちが戻って来るまで、絶対にここから離れるんじゃないぞ！」

三橋の顔からも血の気が引いていた。健志のスマホに連絡しようとしたのだが、圏外で繋がらないのだ。

「ど、どうしよう……？」

「ここから離れるなって言われても……」

途方に暮れていた生徒たちだったが、そのうちの一人が何かを思いついたように東屋(あずまや)へと駆け出す。そこには轟くんを含めた数人の生徒が集まっていた。

「大変だよ！　委員長がどこかに……轟くん？」

反応がない。よく見ると轟くんは、イヤホンでラジオを聴きながら、スポーツ新聞の競馬欄を睨み付けていた。周りにいた生徒が「しっ、今大事なところだから」と口元に指を立てる。

「こっちのほうが大事だよ！　轟くん、轟くんってば！」

体を思い切り揺さぶりながら、必死に呼びかける。しかしやはり反応がない。

「レースの予想なんかしてる場合じゃないよ！」

イヤホンを強引にむしり取ると、轟くんが驚いた様子で顔を撥ね上げる。周りが「何するんだよ！」と抗議するのを無視して、生徒は叫んだ。

「轟くん、助けて！　委員長がいなくなっちゃったんだ！」

「「えっ⁉」」

途端、その場にどよめきが起こった。

「三橋先生とガイドさんが探しに行ってるけど、もし見付からなかったら……」

最悪の想像をしてしまったのか、段々と声が小さくなっていく。

轟くんは生徒の言葉を無表情で聞いていたが、おもむろに新聞を畳んで、ラジオの電源もオフにした。

そしてベンチから立ち上がると同時に、ぱっとその場から姿を消した。

下駄の音すら置き去りにして、目にも留まらぬ速さで山中を駆け回る。

――おかあさん、たすけて。

少年のか細い声が風に乗って聞こえてきたので、そちらへと向かう。整備された山道から大きく外れた場所で、一人の少年が座り込んでいた。

「お母さん、お父さん……お家に帰りたいよぉ……！」

健志は背負っていたリュックサックを抱き締めながら、泣きじゃくっていた。彷徨って

いる間に足を挫いてしまい、動けなくなっていたのだ。

パキッ。

すぐ近くで木の枝を踏む音がして、健志は顔を上げた。

先生が探しに来てくれたのかもしれない。一瞬安堵の表情を浮かべたが、そこにいたの

は、ねじり鉢巻きの異星人だった。ゆっくりとこちらへ近付いてくる。

「轟くん……」

健志の表情が強張る。きっと自分の正体に気付いている人間を、始末しようとしている

のだ。まるで外国のホラー映画の化け物のようだと思った。

そして……

「え？」

自分の目の前で背を向けてしゃがみ込んだ轟くんに、健志はぽかんとした。その格好が

何を意味するのかは理解出来るが、予期せぬ光景にただ呆然と固まっていた。すると、轟

くんが一瞬だけこちらを振り向く。乗れ、ということだろう。

おずおずと両手を伸ばして背中にしがみつくと、轟くんはすっくと立ち上がって歩き始めた。傾斜のある山中を登っていく。

「……どうして僕を助けてくれるの？」

躊躇（ためら）いがちに問いかけるが、轟くんからの返事はなく、時折カランコロンと下駄の音が聞こえるだけだった。


木々を掻き分けるように進んでいくうちに、展望台が見えてきた。

「あっ、轟くんだ！　健志くんもいる！」

生徒たちが二人へと一斉に駆け寄ってくる。

程なくして悄然とした面持ちで、三橋とガイドが戻ってきた。そして健志の姿を見て、その場にへたり込む。

「よかった〜……健志無事でよかった……」

「轟くんが委員長を助けてくれたんだよ！」

「ほんとか⁉　やっぱり轟は頼りになるなぁ」

安堵の笑みを見せる三橋へ、クラスメートに肩を貸してもらいながら健志が近付いていく。

「先生……勝手にいなくなったりして、ごめんなさい……」

健志は涙を浮かべながら謝った。

「そうだな、みんなにも迷惑をかけたんだ。ちゃんと謝らないといけないぞ」

「うん……」

「あと助けてくれた轟にもお礼を言うんだぞ」

「………」

健志は後ろを振り向くと、クラスメートを見渡して「みんな、心配かけてごめんなさい」と頭を下げた。

それから轟くんの姿を探すが、彼は既に東屋へと戻ってラジオを聴いている。

「ほら行こうよ、委員長」

「……今レース中みたいだから、後にする」

肩を貸してくれている生徒に促されても、素直になることが出来なかった。

ホテル櫻葉に戻った後、健志は医務室へ連れて行かれ、手当てを受けることになった。

「軽度の捻挫だと思うけど、旅行から戻ったら病院で診てもらってね」

永遠子は健志の足首に包帯を巻きながら言った。

「はい。ありがとうございます」

「轟くんが助けてくれたんですってね。ちゃんとお礼は言った?」

健志は気まずそうに視線を逸らした。最初から少年の心境をお見通しだった永遠子は、クスリと笑う。

「轟くんは、もしかしたら子供を守る神様なのかもしれないわね」

「……神様？」

健志は訝しそうに永遠子の言葉を繰り返した。

「バスが事故に遭わなかったのも、轟くんのおかげじゃないかしら」

「お姉さんまでそんなことを言うんですか？　あんなの、競馬好きのただのオッサンじゃないですか」

「地球を侵略しに来た異星人じゃなくて？」

「それは……」

永遠子に問い返されて、口ごもってしまう。

「あのね、健志くん。昨日もお話ししたと思うけど、轟くんは明日の朝になったらみんなの前から消えちゃうの。それだけじゃない。みんなの記憶の中からも、いなくなってしまうのよ」

「…………」

「このままでいいの？」

その問いに、健志は目を泳がせた。

翌日の朝方、健志は同室の生徒を起こしてしまわないよう、そっと客室を抜け出した。

ホテルが貸してくれた松葉杖をつきながら、少しずつ前へと進んでいく。

「あ……」

廊下の向こうで、轟くんが部屋から出て行くのが見えた。健志が呼び止める間もなく、通路の曲がり角へ消えていってしまう。

この足では、どうせ追い付けないだろう。小さく溜め息をつき、大人しく引き返そうとしていた。

『このままでいいの？』

ふっと脳裏に蘇った永遠子の言葉が、健志の背中を押した。

使い慣れていない松葉杖で、必死に歩き続ける。諦めるもんか。こんなの異星人をやっつけることより、遥かに楽じゃないか。

「はぁ……はぁ……」

ようやくロビーに辿り着くが、そこに轟くんの姿はなかった。

間に合わなかったと落胆しかけた健志だが、次の瞬間、何故かエントランスとは反対方向から轟くんがやって来た。

どうやら売店で買い物をしていたらしい。右手にビニール袋を提げており、缶ビールのラベルがうっすらと透けて見えた。

（朝からお酒買ってる！）

少し呆れながらも、健志の頬は緩んでいた。心なしか、さっきより松葉杖が軽く感じる。

「轟くんっ！」

健志が追い付いたのは、轟くんがエントランスを抜けた直後だった。乱れた呼吸を整えていると、カランコロンと下駄を鳴らしながら轟くんが歩み寄ってきてくれた。

「これ……ホテルの人から預かったんだ。轟くんに返しておいてくれって」

パジャマのポケットに入れていた花札を差し出しながら、轟くんをじっと見据える。

「それから……昨日は助けてくれてありがとう」

あんなに躊躇っていた言葉が、するりと喉から出た。健志は自分に言い聞かせるように、言葉を続けた。

「みんなが轟くんのことを忘れちゃっても、僕だけは絶対に忘れないよ。忘れるもんか。ずっとずっと、覚えてるからね」

「………」

轟くんは花札を受け取ると、腹巻きの中へ手を入れた。親指の爪ほどの大きさのサイコロを二個取り出して、健志の手のひらに載せる。

「……もらっていいの？」

健志がサイコロと轟くんを交互に見ながら尋ねると、

「楽しかった」

轟くんはそれだけを告げると、下駄の音を響かせながら駐車場に向かって歩き出した。

「轟くーんっ！　ばいばーいっ!!」

少しずつ遠ざかっていく背中へ力いっぱい叫ぶ。すると轟くんは後ろを振り返ることなく、左手をひらひらと左右に振った。彼なりの別れの挨拶に、健志も満足そうに破顔してホテルの中へ戻っていく。

ポケットにしまい込んだサイコロが、コロンと転がった。

朝食後、修学旅行生たちは忙しなく、帰り支度を済ませてロビーに集合した。
「26……27……28。よし、全員いるな」
三橋が自分を含めて28人揃っていることを確認する。
「短い間でしたが、大変お世話になりました。皆さんのおかげで、楽しく過ごすことが出来ました。ご飯がとっても美味しかったです」

クラスを代表して、健志がお礼の言葉を述べる。最後にお辞儀をすると、後ろの生徒たちも深々と頭を下げた。普段このように子供たちと触れ合う機会のない見初と冬緒は、照れ臭そうにはにかんだ。

「二泊三日のご利用ありがとうございました。またのお越しをお待ちしております」

深く腰を折るホテルのスタッフ一同に、生徒たちは「はい！」と弾んだ声で返事をした。

エントランス付近に停車していたバスへ生徒たちが乗り込んでいく。

「みんな、元気でねー！」

永遠子とともに外まで見送りに来た見初に、数人の男子生徒が反応した。

「あの人、僕たちの部屋にずっといたお姉さんだ！」

「ちょっと変だけど、面白い人だったよね」

「でも、何しに来てたんだっけ？」

「さあ……眠かったし、よく覚えてないや」

こうして修学旅行生を乗せたバスは、緩やかに発進したのだった。

帰りの車内は、短い旅行の余韻に浸るように緩慢な空気が流れていた。

「修学旅行楽しかったね」

「だけど、何か忘れてる気がする……誰かのお土産買い忘れちゃったのかなぁ」

「あ、私もだ……楽しかったけど、何が楽しかったんだろ」

女子生徒たちの会話を聞きながら、健志はぼんやりと窓の外に広がる景色を眺めていた。

と、前の座席の生徒が「そういえばさ」と振り返りながら話しかけてくる。

「委員長って山ではぐれた時に怪我しちゃったんだよね？　どうやってみんなのところに戻ってきたの？」

「……他の登山客に助けてもらったんだ。親切なおじさんだったよ」

「そうだっけ……？　でも、無事だったからいっか」

よかったよかった。生徒はそう言いながら、再び前を向いた。

健志は少し間を置いてから、ズボンのポケットから二個のサイコロを取り出した。それを手のひらの上で転がしながら、小さく微笑んだ。

「僕は覚えてるよ」

健志の呟きは、誰の耳にも入ることはなかった。

第三話　いのぽっぽ亭

　その日、寮のホールに怒号が響き渡った。

「こらっ！　試作品を勝手に食べちゃダメでしょ！」

　般若(はんにゃ)のような形相で見初(みそめ)が叱り付けると、風来(ふうらい)と雷訪(らいほう)がぴゃっと飛び上がった。二匹の口の周りはソースで汚れており、言い逃れの出来ない状況だった。匂いに釣られて厨房に忍び込み、夏限定メニューの試作品をこっそりつまみ食いしているところを、桃山(ももやま)に発見されたのだ。

「私は止めたのですぞ！　ですが、風来が『ちょっとだけなら大丈夫』と……」

「オイラは一口でやめようって言ったもん！　でも雷訪が『もう一口だけ』って……」

「私のせいにするのはおやめなさい！」

「雷訪こそ！」

　この期に及んで互いに罪をなすりつけようとする二匹に、見初が声を荒らげた。

「言い訳の前に、まず言うことがあるでしょ！」

「「ご、ごめんなさーい！」」

「見初ちゃん、落ち着いて。つまみ食いしたくらいで、そこまで怒らなくたっていいじゃない」

見かねた永遠子が、やんわりと仲裁に入るが、

「何甘いこと言ってんですか。こういう時はビシッと叱らないと！　ビシッと！」

「そ、そうね」

怒り心頭の見初に捲し立てられ、永遠子はその勢いに気圧されてしまった。

こう言ってはなんだが、二匹のつまみ食いなど、そう珍しいことではない。いつもの見初なら目くじらなど立てずに、「仕方ないなぁ」と軽く笑って済ませているというのに。

「今日の見初姐さん、何かピリピリしてない？」

「昨日冬緒と喧嘩したせいですな。まだ仲直りしていないようですし」

「こんなの、ただの八つ当たりじゃん！」

「はた迷惑な話ですぞ。だから冬緒にも、愛想を尽かされてしまうのです」

自分たちを棚に上げて文句を言う二匹に、見初の顔から表情が消えた。そして何も言葉を発さずに厨房へと消えていき、鍋とお玉を持って戻ってくる。

直後、能面のような顔が再び般若へと変貌した。

「二匹とも鍋にして食べてやる‼」

「「ギャーッ！」」

血走った目で迫ってくる見初に、風来と雷訪は逃げるように寮から飛び出したのだった。

「そりゃお前たちが悪い。つまみ食いした上に、そんなことまで言ったら誰だって怒るよ」

その後、裏山で開かれていた妖怪たちの宴会に飛び入り参加した二匹は、酷い目に遭ったと先ほどの出来事を語った。しかし同情されるどころか、溜め息をつかれてしまった。

「女心はなぁ、ガラス玉のように繊細なんだ。そんな風に茶化しちゃダメだよ」

「あれがガラス玉⁉　癇癪(かんしゃく)玉の間違いですぞ！」

「オイラたち、食べられそうになったんだからね！」

真面目に諭されても、酒が入った二匹の心には響かない。ふんっと顔を背けて、雀の丸焼きに豪快にかぶりつく。塩のみの味付けだが、皮がパリパリして香ばしく、酒がよく進む。

その飲みっぷりを見た赤鼻の妖怪が、「こいつも食うか？」と小皿に盛った黄色いたくあんを差し出す。

「どれどれ……こ、これはっ！」

「美味しいっ！」

口にした瞬間、二匹は目を大きく見開いた。

ポリポリと小気味のよい食感。塩気と甘みのバランスが絶妙で、ほんのりと香る柚子の風味。寮で毎朝食べているものよりも、濃厚な味わいである。

「どうよ、いのぽっぽ亭自家製たくあんの味は。人間の作るものにも、引けを取らないだろう？」

赤鼻の妖怪は、自慢げに鼻を鳴らした。

「『いのぽっぽ亭？』」

「何だよ、お前ら知らないのか？　あ、そうだ。こないだ泊まった時に、こんなのをもらったんだった」

赤鼻の妖怪は、思い出したように懐から折り畳まれた紙を取り出した。それを広げながら、二匹に手渡す。

「これって……」

「チラシですかな？」

Ａ４サイズの紙の上部には『スタッフ大募集！』と赤い大文字で書かれており、その横で可愛らしい絵柄の猪がお辞儀をしていた。他の妖怪たちも、興味深そうにチラシを覗き込んでいる。

「いのぽっぽ亭っていうのはな、妖怪が経営する、妖怪だけが泊まれる旅館なんだ」

「へぇ～、そうなんだ！」

「ですが、客が妖怪だけとは……どのように収益を得ているのですかな？」

雷訪が疑問を口にする。ホテル櫻葉では、基本的に妖怪からは宿泊料金を取らない。一時期は経営難に陥っていたが、今では客足も回復して人間の客が大半を占めている。

そもそも妖怪の中には、宿泊気分を味わいにくるだけの者もいる。そのため、食費などの経費はそれほどかかっていないのが現状だ。

例えば河童親子。彼らは胡瓜しか食べない。

ちなみに、以前火々知をヘッドハンティングしようとした深海の宿泊施設『竜宮城』では、貝殻を通貨として取り扱っているということだったが……

「ホテル櫻葉と違って、いのぽっぽ亭は普通に料金を取るぞ。みんな人間に化けて稼いだ金で泊まりに行っているんだ。その代わり、露天風呂があったり、マッサージを受けられたりとサービスが充実してるんだ。たくあんも土産にもらったしよ」

「露天風呂……マッサージ……いいなぁ」

「その旅館の求人チラシというわけですか。……はっ！　ふ、風来っ、こちらをご覧なさい！」

チラシに目を通していた雷訪が何かを見付け、夢心地の風来に声をかける。

「えーとなになに……ご、五万円っ⁉」

チラシの中央に大々的に記載されている『日給五万』。風来は仰天した。

「しかも、食事も三食付き……応募資格も妖怪であれば、誰でも可とありますぞ！」

「でもこの経験者優遇って、どういう意味かな？」

就職活動の経験のない二匹にとって、見慣れない一文だった。

「同じ業種の経験者に来て欲しいって意味だと思うぞ。と言っても、宿で働いている奴なんて滅多にいないだろうけどな」

赤鼻の妖怪がチラリと二匹を見ながらそう言うと、風来と雷訪は互いの顔を見合わせた。

「雷訪……オイラたちって……」

「この条件にピッタリ当てはまりますぞ」

「一日で五万円……」

「ゲームセンターで散財し放題ですな」

二匹の目が爛々と輝いている。

こいつら、バカなことを考えてないだろうな？　チラシを見ていた他の妖怪たちは、猛烈に嫌な予感を覚えた。

そして、

「決めた！　オイラたち、いのぽっぽ亭に転職する！」

弾んだ声で宣言した風来に、皆あんぐりと口を開けた。

「転職って……ホテル櫻葉はどうすんだよ⁉」

「辞めるに決まっているではありませんか。見初様には、もうついていけません‼」

平然と言い放つ雷訪に、妖怪たちは頭を抱えた。しかし赤鼻の妖怪だけは、楽しそうにガハハと笑った。

「そんじゃあ、いのぽっぽ亭までの地図を描いてやるよ！」

「ほんと！　ありがとう！」

「助かりますぞ！」

トントン拍子で話が進んでいく。

「お、おい……やめとけって。あいつらほんとに行っちまったら、どうすんだ！」

このままでは取り返しのつかないことになってしまう。早速焚き火の前で地図を描き始めた赤鼻の妖怪を、仲間たちが止めようとする。

「大丈夫だって！　あいつら、酔っ払って気が大きくなってるだけだろ。それに日給五万だぞ。行ったたって受かりゃあしねぇって」

「そうだといいけど……」

楽観的な物言いに、彼らは肩を竦めた。

◆　◆　◆

翌朝、すっかり酔いの覚めた二匹は、気まずそうな顔で一枚の地図を見下ろしていた。

「ねぇ……オイラやっぱり行きたくないよ。見初姐さんたちと、お別れしたくないもん」

先に口を開いたのは風来だ。昨夜、酔いに任せてあんな啖呵を切ったことを後悔し始めていた。

「そ、そうですな。突然出て行ったら、皆様にも迷惑がかかってしまいますし」

雷訪も不安そうな表情で頷き、地図を小さく折り畳む。

「せっかく描いていただいたものですが……」

そう言いながら、ゴミ箱へ捨てようとする。しかし「ちょっと待った！」と風来が地図を奪い取り、神妙な顔で言う。

「雷訪……諭吉が五枚だよ」

「諭吉が……五枚……」

見初たちと離れたくないし、迷惑もかけたくない。だが日給五万円は、あまりにも魅力的な言葉だった。

五人の諭吉がちょいちょいと手招きをしてくる。友情と物欲の狭間で、二匹の心は激しく揺れ動いていた。

「どっちも選べないよーっ！」

「同感ですぞ。これは仕事中にゆっくりと考えたほうが……って、もう始業時間を過ぎてますぞ⁉」

雷訪が時計を見てぎょっとする。

「遅刻だーっ‼」

「早くゴミ捨てに行かなければ、収集車が来てしまいますぞ！」

「う、うん！」

慌てて部屋を飛び出そうとした時、外から大型車のエンジン音が聞こえてきた。

「「ギャースッ‼」」

窓の外をゴミ収集車が颯爽と横切っていく。

「待って、お願い行かないで！」

「私たちが行くまで、どうかお待ちください！」

しかしそんな二匹の願いも虚しく、収集車はゴミ捨て場に何もないことを確認して去って行った。

というわけで、二匹は当然お叱りを受けることになった。

「二匹ともゴミ捨てサボったでしょ⁉」

昨夜に引き続き、怒りが冷めやらない様子の見初。

「昨日の今日で、これはちょっとね……」

流石に擁護出来ないと、額に手を当てて溜め息をつく永遠子。

「どうせ昨日の夜も、妖怪たちと飲んでたんだろ？」

眉間に皺を寄せながら、二匹の昨夜の行動を言い当てる冬緒。

「サボったんじゃなくて、忘れてただけだし……」

「同じようなもんだろ！」

見苦しい言い訳をする風来に、冬緒がすかさず指摘する。

「二匹で大事な話し合いをしていたのですぞ……」

「ふーん。話し合いって何を？」

「それは……私たちだけの秘密です」

日給五万円の噂が広まれば、おのずと応募者も増えるだろう。見初の質問に、雷訪は目を泳がせながら誤魔化した。

と、永遠子が真剣な表情で二匹の前にしゃがみ込む。

「風(ふう)ちゃん、雷(らい)ちゃん……夜遅くまでお酒を飲むのはいいけど、寝坊はしないでね」

「はいっ⁉」

「オイラたち、寝坊なんてしてないよ⁉」

遅刻は遅刻。しかし堕落した生活を送っていると思われるのは心外である。必死に寝坊ではないと主張するが、

「二匹とも、酒臭いし毛並みもボサボサよ」

「そんな状態で言われても、説得力ないぞ」

不誠実な発言の連続で、完全に信用を失っていた。

「見初姐さんは信じてくれるよねっ⁉」

「ふんっ」

縋るように見初を見上げるが、ぷいっとそっぽを向かれてしまう。

みんな、酷い。二匹はわなわなと体を震わせた。

自業自得とはいえ、誰にも信じてもらえないこの状況。あまりの理不尽さに、悲しみより怒りが噴き上がった。

「ムキャーッ！　やっぱこんなとこ辞めてやる‼」

「引き留めても無駄ですぞ‼」

いざ、新天地へ。捨て台詞を吐きながら、彼らはホテル櫻葉を飛び出したのだった。

いのぽっぽ亭は、島根県松江市のとある山中にひっそりと建っているらしい。風来が首のスカーフに挟み込んでいた地図を頼りに、険しい山道を進んでいく。

「しかし……食事の心配がないとはいえ、何も持たずに出て来てしまいましたな」

「何とかなるよ。オイラたちには、五人の諭吉がついてるんだから」

浮かれ切っている相棒に、雷訪はやれやれと首を横に振った。

「初日から五万円は、流石に無理だと思いますぞ。恐らくホテル櫻葉のように、徐々に給与を上げていく仕組みでしょうな」

「え、そうなの?」

風来が立ち止まって、雷訪を見る。

「ですが我々の有能ぶりをご覧になれば、すぐに昇給してくださるはずですぞ。経験者は優遇すると書いてありましたからな!」

冷静なように見えて、雷訪も大概浮かれていた。

さらに進むこと約一時間。勾配のある坂道を登り切ると、前方に木造二階建ての古びた建物が見えてきた。

「あそこのようですな」

屋根の大棟を見上げ、雷訪が呟く。黄金に輝く猪が飾られている。玄関の周りには猪の絵が描かれた提灯が吊るされ、オレンジ色の灯りが曇りガラスの引き戸をぼんやりと照らしていた。

早速中に入ると、荒々しいタッチで『猪突猛進』と書かれた掛軸が二匹の目に飛び込んできた。先ほどから、猪の主張がやたらと強い。

「ごめんくださーいっ」

風来が大声で挨拶をする。少し経って、奥から赤い着物を着た仲居が出迎えにやって来た。小柄なちょび髭(ひげ)の妖怪だった。

「いらっしゃいませ……ようこそ、いのぽっぽ亭へ……」

声にハリがなく、目の焦点が合っていない。体も左右にふらふらと振り子のように揺れている。

「だ、大丈夫ですかな？」

今にも倒れそうな姿に、雷訪が恐る恐る声をかける。

「はい……毎日忙しくて、休む暇もないんですよ……はは……」

ちょび髭はそう返しながら、力なく笑った。

「……そんなに忙しいの……？」

激務を想像して逃げ腰になる風来に、雷訪は耳元で囁いた。

「弱気になってはいけませんぞ。忙しいということは、それだけ繁盛しているということです。これはボーナスも期待出来そうですぞ」

「ボーナス！」

風来の目に輝きが戻ったところで、話を切り出す。

「実は私たち、こちらの求人のチラシを拝見したのですが……」

しかし雷訪の言葉を遮るように、ちょび髭は言った。

「今すぐ引き返してください」

「はい⁉」

「こんなところにいたら、あなたたちの人生……いえ、獣生が終わってしまいます」

「獣生が⁉」

謎の忠告に二匹が顔を見合わせると、ちょび髭が死んだ目で頷く。

しかしここで、「はい、そうですか」と引き返すわけにもいかない。何せ、日給五万円がかかっているのだ。

「おい、ちょび。何モタモタしてやがんだ。とっととお客様を部屋にご案内しろ」

その時、奥から重量感のある足音とともに、黒い背広を着た大男が姿を見せた。厳つい猪の頭部を持ち、右目には縦一文字の傷跡が残されている。

「オーナー……申し訳ございません」

「もういい。お前は下がってろ」

頭を下げるちょび髭をしっしっと手で追い払うと、オーナーと呼ばれた大男は二匹へ会釈した。

「いのぽっぽ亭にようこそお越しくださいました。二名様のご利用でよろしいでしょうか？」

その切り替えの早さが少し怖い。

「えっと……オイラたち、ここで働きたいんだけど……」

風来が無意識に後退りしながら用件を言うと、オーナーは笑みを深くした。

「そういうことか。まずは面接からだ、こっちに来な」

二匹が連れて行かれたのは応接室だった。

「ほお……お前ら、あのホテルで働いてたのか」

黒い革張りのソファーにもたれながら、オーナーは向かい側に座る二匹の話を聞いていた。

「ホテル櫻葉をご存じなのですか？」

「当然よ。あそこはうちのライバルだからな」

雷訪の質問に、得意げな表情で答える。

しかし永遠子の口から、いのぽっぽ亭の名前が挙がったことなど一度もない。オーナーが一方的にライバル視しているだけなのだろう。

「で、どうしてうちで働きたいと思ったんだ？」

「ごま……」

「パワハラに耐え切れなくなり、ホテル櫻葉を飛び出してきたのです」

欲望丸出しの志望動機を述べようとする風来の口を塞ぎ、雷訪が同情を引くような回答をする。

「お前ら……辛い目に遭ったんだな。だが安心しな！　うちのスタッフは無口な奴が多いが、皆家族のように仲良く仕事をしてんだ。お前らも上手くやっていけると思うぞ！」

オーナーはソファーから身を乗り出し、二匹の頭をポンと叩いて笑った。

「どうだ、うちで働くか？」

二匹の答えは、もちろん決まっている。

「うん！」

「是非よろしくお願いします」

「よし。それじゃあ、こいつが契約書だ」

オーナーはクリアファイルから抜き取った契約書を、二匹の前に置いた。待ってました、と二匹は素早く手に取り、渋い顔つきになった。

一枚の紙に、米粒サイズの文字がびっしりと綴られている。肉眼で読み進めていくのは至難の業だ。

「オーナー、これ何て書いてあんの？」

「亥野歩歩亭スペシャル特殊雇用契約書だ」

漢字の出現頻度の高さが、読みにくさに拍車をかけている。

「虫眼鏡はございませんかな？　これでは、何と書いてあるのかさっぱり読めませんぞ」

「そこに書いてあるのは一般的なことだ。さらっと目を通してみて問題がなければ、一番下に捺印してくれ」

さりげなく雷訪の注文を受け流しながら、オーナーは赤いスタンプ台をテーブルに置いた。

「ふーん……うん、問題なし」

「私もですぞ」

二匹はスタンプ台に肉球を置いた。それを契約書にぎゅっと押し当てる。

「これでお前たちも、いのぽっぽ亭の一員だ」

契約書を素早く回収して、オーナーがニヤリと笑う。その笑顔に何か不穏なものを感じながらも、雷訪はずっと気になっていたことを質問した。

「あのー、チラシには日給五万円とありましたが、初日から支払われるだなんて、そんな美味しい話は……」

「お前たちは、経験者だからな。特別に今日から五万支払ってやるよ」

そんな美味しい話があった。

「というわけで、早速ここに書いてある食材を採ってきてくれ」

オーナーは背広のポケットから一枚のメモを取り出して、二匹に渡した。木の実や山菜の名前が綴られている。

「ずいぶんと簡単な仕事ですな」

かつては山や森で暮らしていた二匹にとって、食料調達などお茶の子さいさいだ。

「おおっ、そうか。このカゴがいっぱいになるまで頼むぞ」

ドサッ。二匹の目の前に、1メートル前後はあるであろう巨大なカゴが置かれた。取っ手の部分には、安物の腕時計が巻かれている。

「え……？」

「夕食の支度に間に合うように、15時までには帰って来いよ」

「あ、はい」

「そんじゃ頼んだぞ」

カゴと一緒に廊下へ放り出され、二匹は暫し呆然と立ち尽くしていた。しかし「さっさと行って来い！」とドア越しに恫喝されて、はっと我に返る。

「は、早く採りに行かなきゃ！」

「採りにって……こんなにたくさん無理ですぞ⁉」

急かす風来に、雷訪がカゴを見ながら悲痛な声を上げる。

「諦めたら、そこで試合終了だよ！」

既に心が折れかけている相棒の頬に、風来が強烈なビンタを食らわせた。

「夢の五万円生活のために頑張ろう！」

「ふ、風来……」

「日給っ！」

「五万円っ！」

まるでスポ根漫画のような熱いやり取りを交わすと、二匹はカゴを抱えて外へと飛び出した。日給五万円の言葉に突き動かされ、山中を駆けずり回る。フキ、ワラビ、ヤマモモ、スグリなどの自然の恵みを次々と収穫していくが、ふと時計を見るともうじき15時を迎えようとしていた。

「そろそろ戻んないと！」

「ですが、カゴがまだ満杯になってませんぞ⁉」

それどころか、半分程度の量しか集められていない。

「しょ、初日だし大目に見てくれるって！」

しかし風来の考えは甘かった。

「馬鹿野郎！　全然足りねぇだろうが‼」

オーナーは二匹が持ち帰ったカゴの中身を見ると、拳でテーブルを叩きながら怒声を上げた。

見初の百倍怖い。至近距離で大目玉を食らい、風来と雷訪は「ごめんなさい……！」とガタガタ震えていた。

「ったく、使えねぇ狸と狐だな。おら、次は料理の支度を手伝え」

「今からですかな⁉」

「オイラたち、もうお腹空いたよ！」

この数時間飲まず食わずで働いたのだ。そろそろ食べないと死ぬ。しかし二匹がいくら飢えようが、オーナーの知ったことではない。

「俺様に逆らうってのか？　ああ？」

獣たちの頭を鷲掴みにして、凶悪な顔で詰め寄る。

「滅相もございません！」

「おっしごと、おっしごと楽しいなぁ〜！」

二匹に拒否権などなかった。オーナーに連れられて厨房にやって来ると、板前の格好をした妖怪が黙々と料理を作っていた。食欲をそそる匂いが立ち込めており、空っぽの胃袋を刺激する。

「美味しそう……」

「つまみ食いなんざしたら、テメェらの毛皮をひん剥いて、鍋にぶち込んでやるからな」

涎（よだれ）を垂らす風来に釘を刺し、オーナーは豪快な足音を立てながら厨房を後にした。その際、冷蔵庫を開けてラップに包まれた大皿を持ち出していったのを、二匹は見逃さなかった。

「刺し身の盛り合わせでしたな」

「オーナーだけズルいよ！」

「しっ！　オーナーに聞かれたら、本当に鍋の具にされてしまいますぞ！」

あの男ならやりかねない。風来と雷訪は不満をぐっと堪え、料理人に指示を仰いだ。

「オイラたち、何を手伝えばいいの？」

「まずは、山菜を洗ってくれないか……」

キャベツを千切りにしながら、料理人はぼそぼそと答えた。ちょび髭同様、生気のない表情をしている。視線も明後日の方向を向いており、まな板をまったく見ていない。

「おっちゃん。ちゃんと包丁見てないと、危ないよ」

「ああ……」

生返事をするだけで、相変わらず虚空(こくう)を見上げている。何だか気味悪く感じながら、二匹は踏み台に乗って山菜を洗い始めた。汚れを丁寧に落としていく。

「……お前たちは、どうしてこの旅館に来たんだ？」

突然話しかけられて振り返ると、料理人が落ち窪んだ目で佇んでいた。右手には包丁を握り締めており、サスペンスドラマの様相を呈している。

「前の職場で酷い目に遭って、逃げてきたのです」

「お金もいっぱいもらえるって聞いたし……」

急に襲いかかってきたら、どうしよう。咄嗟(とっさ)に身構えながら、二匹が理由を語る。すると料理人は、表情筋を一切動かすことなく、呟くように言った。

「可哀想に……」

山菜を洗い終え、料理の盛り付けを任されていると、廊下からドスンドスンと乱暴な足音が聞こえてきた。オーナーである。

「テメェら、次の仕事だ。お客様に料理をお出ししろ」

「そんなことまでしなくちゃいけないの⁉」

「配膳係はいないのですか⁉」

休む間もなく仕事を与えられ、流石に語気も荒くなる。いい加減、ご飯が食べたい。

だが、狸と狐風情が獰猛な猪に太刀打ち出来るはずもなく、

「うちは少数精鋭でやってんだよ。文句があんのか？　あぁ⁉」

「「ありませんっ！」」

二匹は理不尽すぎる命令に従うしかなかった。

「テメェら、今日はもう上がっていいぞ。初日だからな」

オーナーからそう言われたのは、日がどっぷり暮れた頃だった。

「疲れた……」

「もうククタですぞ……」

厨房と客室のシャトルランを延々と繰り返した二匹は、真っ白に燃え尽きていた。

「飯は従業員専用の食堂で食え。何か分からないことがありゃ、他の奴らに聞け」

ようやく待ちに待った食事である。二匹は最後の気力を振り絞って、食堂へと歩き出した。

覚束（おぼつか）ない足取りでどうにか辿り着くと、既に他の従業員たちが食事をしている最中だった。しかし食堂内にはどんよりとした空気が漂い、皆暗い表情で箸を動かしている。

「我々も食事がしたいのですが、ご飯やおかずはどちらにありますかな？」

雷訪が尋ねると、従業員の一人が無言で隅にある炊飯器と鍋を指差した。その横には、ラップに包まれた小皿が二枚。

食事の用意を済ませ、二匹は席についた。

「晩ご飯……これだけ？」

白米と葱（ねぎ）だけが入った味噌汁。おかずは小さな川魚の塩焼きのみ。あまりに貧相なメニューに、風来は呆然としていた。

「しかもご飯茶碗が小さすぎますぞ」

明らかに子供用のミニサイズだ。

「ここではおかわりは許されないからな。空腹が満たせるように、よく噛んで食べるんだ」

雷訪の隣に座っていた従業員が口を開いた。

「ご飯のおかわりが……禁止……⁉」

「信じられませんぞ……！」

その言葉に、二匹は愕然とした。ホテル櫻葉ではおかわりが自由だというのに。しかも規則を破ると、朝食抜きの刑に処されるのだという。

怒鳴り散らすオーナーの姿を思い返し、二匹は恐怖で竦み上がった。先輩のアドバイス通り、白米を少しずつ咀嚼して食べ進める。しかし味噌汁は味が薄く、魚の塩焼きも生臭い。

「あの……せめて、お茶をいただきたいのですが」

「ああ、少し待ってろ」

先に食事を終えた従業員が席を立ち、厨房の中に入っていく。ジャーッと蛇口から水が出る音が聞こえた後、コップを持って戻ってきた。

「これで我慢するんだ」

目の前に生ぬるい水道水を置かれ、雷訪はがっくりと項垂れた。

「お茶も飲めないなんて、過酷すぎますぞ……！」

「雷訪、給料をもらったら売店に何か買いに行こう！　五万円もあれば、買い放題だよ！」

涙目で水を一気飲みする相棒に、風来は励ますように言った。途端、従業員たちが一斉に驚いた表情で風来を見た。

「え……みんな、どうしたの？」

その質問から逃げるように、従業員たちが食堂から出て行く。残された二匹は、訝しげに首を傾げるのだった。


味気のない食事を終えた後、風来と雷訪は空きっ腹を抱えて事務室へ向かった。

「おう、今日一日ご苦労だったな。ヒック」

オーナーがワイングラス片手に、二匹を迎え入れる。テーブルには空の瓶が転がり、チーズやサラミなどのつまみが食べ散らかされていた。

「おら、今日の分だ。受け取りな」

オーナーが背広のポケットから二通の茶封筒を取り出し、テーブルの隅に置いた。二匹は素早くそれを受け取った。

「待ってましたぞ！」

「五万円っ、五万円っ！」

互いに前脚を取り合い、喜びの舞を踊る二匹。しかしその最中に、風来は「あれ？」と手にした封筒をまじまじと見詰めた。

「何かこの封筒薄くない？」

「一万円札が五枚入っているだけですからな。こんなものでしょう」

「それに、下のほうに何か丸いのが入ってる……」

風来が封筒の口を開けて、引っくり返す。

コロン。一枚の五十円玉が、肉球の上に落ちてきた。

「オーナー⁉　諭吉がいないよ⁉」

「わ、私の封筒にも五十円しか入っていませんぞ⁉」

激しく動揺する新人たちに、オーナーはニタァ……と怪しい笑みを浮かべた。

「五十円じゃねぇ、五万ポッポだ」

「「ポッポ⁉」」

二匹の脳内で鳩の大群が飛び交った。

「うちの旅館は、ポッポって独自の通貨単位で給料を支払ってるんだよ。一円をポッポ単位に換算すると、千ポッポ。つまり五万ポッポだと五十円の計算になるってわけだ」

「オーナーの嘘つき！　五万円くれるって言ったじゃん！」

「これは立派な詐欺ですぞ！」

二匹の怒りがついに爆発した。茶封筒を乱暴に投げ捨て、激しく抗議する。

しかし相手のほうが一枚上手だった。

「嘘はついてねぇぜ。こいつをよく見てみな」

オーナーが差し出したのは、昨夜赤鼻の妖怪に見せてもらったものと同じ求人のチラシだった。ニヤニヤ笑いながら、日給五万の部分を指で軽く叩く。

その右下に小さな文字で『ポッポ』と書かれているのを見付け、二匹は愕然とした。

「五万円じゃない！」

「昨日はまったく気付きませんでしたぞ！」

周囲が薄暗かったせいもあるが、破格の給与額が二匹の目を曇らせていたのだ。

まんまと罠に引っかかった獣たちに、オーナーはガハハと品のない高笑いをした。

「テメェらはもう、いのぽっぽ亭の一員だ。逃げたら承知しねぇぞ」

事務室を後にした二匹は、その足で売店へと急いだ。様々なお菓子や飲み物などが取り揃えられているが、

「やはりダメでしたか……」

ポッポ単位ではなく、普通に円で販売されているのを見て、雷訪は肩を落とした。

現在の所持金は二匹合わせて、たったの百円。買えるものは限られている。悩みに悩んで購入したのは、ちょうど百円のコーヒー牛乳だった。

そして重い足取りで、今日から生活する部屋へと向かう。

「ギャーッ！　何この部屋⁉」

襖（ふすま）を開けて室内を見るなり、風来が悲鳴を上げた。長年放置されているのか、ホコリまみれで淀んだ空気が漂っている。歪んだ窓サッシは閉まりが悪く、びゅうびゅうと隙間風が入ってくる有り様だ。

「オイラ、こんなとこで寝たくない！　野宿するっ！」

風来が窓を開け、外へ避難しようとした時だ。暗闇の向こうで、何かがこちらの様子をじっと窺っている。

黒い背広を着た監視役の猪だ。「逃げたら殺す」と無言の圧力をかけてくる。

風来は窓辺からそっと離れると、神妙な顔で言った。

「掃除しよう」

廊下のロッカーからほうきや雑巾を持ち出して、二匹で協力しながら、床や壁のホコリを取り除いていく。

「ヒィッ！　蛇が干からびて死んでる！」

「私、蛇は苦手ですぞ。風来が片付けてください！」

「オイラだってやだよー！」

悪戦苦闘すること数時間。どうにか綺麗になった部屋で、風来と雷訪は一息ついた。

「コーヒー牛乳飲もっか……」

「そうですな……」

　生ぬるくなったコーヒー牛乳を半分ずつ分け合う。濃厚な甘みが疲れた体に染み渡る。すぐに飲み干すと、雷訪は風来の耳元で囁いた。

「一刻も早く、ここから逃げますぞ」

「でも、外にはＳＰ猪がいるよ？」

　風来が窓のほうをちらりと見る。

「山菜を採りに行かされている時がチャンスですぞ。恐らく旅館の周りを警備しているだけなのでしょう」

「そっか！　雷訪、あったまいい！」

「ふふんっ。それほどでもありますぞ」

　相棒に褒められて雷訪が調子に乗っていると、突然後ろの襖が開く音がした。オーナーがやって来たのでは、と二匹の体が飛び上がる。

「ギャーッ！　わ、私は勝手に逃げ出そうなどと思っていませんぞ！　この狸が勝手に言っているだけですぞ！」

「何だとー!?　言い出しっぺは雷訪のほうじゃん！」

　保身のために友を売ろうとする獣たちだったが、訪問者は意外な人物だった。

「あなたたち……どうしてすぐに帰らなかったのですか……」

来館した時に二匹を出迎えた、あのちょび髭の仲居だった。

「だって五万円もらえると思ったんだもん……」

「こんなところ、明日になったら逃げ出してやりますぞ！」

そう豪語する雷訪に、次の瞬間ちょび髭は「残念ながら」と首を横に振った。

「あなたたちは、もうここから一生帰れません……」

「「えっ」」

「……契約書の控えはお持ちですか？」

「はい。こちらにありますぞ」

スカーフの間から、折り畳んだ書類を抜き取る。

「労働規約の部分は、お読みになりましたか？」

「全然読んでないよ」

風来は正直に答えた。

「ああ、やっぱり……」

ちょび髭は自分の虫眼鏡を差し出し、「この辺りです」と該当の箇所を指でなぞった。

「ありがとうございます。なになに……亥野歩歩亭・労働規約第一条。乙は亥の指示に背いてはならない。……乙と亥とは何ですかな？」

「乙は私たち労働者、亥はオーナーのことです……」

「第二条。当館に紫蘇や薄荷を持ち込むことを固く禁じる。……何で？」

「オーナーは紫蘇や薄荷の匂いが苦手なんです……」

虫眼鏡で文章を拡大しながら読み上げていき、その都度生まれる疑問にちょび髭が淀みなく答えていく。

そして最後の内容に差し掛かった時である。

「第十六条。亥野歩歩亭から無断で逃げ出した場合、乙に違反金一千億ポッポの支払いを命じる……一千億ポッポっ⁉」

どう考えても法外な金額に、二匹はぎょっと目を見開いた。

「千ポッポで一円ということは、一千億ポッポで……」

「百万円も払うの⁉」

「一億円ですぞ、おバカ‼」

半ばキレ気味に雷訪が叫んだ。

「他の従業員も同じように騙されて雇われた身です。あの時、もっとちゃんと読んでおけばこんなことには……」

ちょび髭は自らの浅慮を思い返し、深く溜め息をついた。

「ちょびさんも、ずっとここで働いてるの？」

「十年前からです」

「ベテランですなぁ……」

ちょび髭は力なく頭を垂れた。

「十年間働いて……日給はたったの十万ポッポです」

つまり、百円だけ。そして旅館から逃げ出したら違反金一億円。

逃げ場のない袋小路に、二匹は茫然自失(ぼうぜんじしつ)したのだった。

押入れにあった布団はカビだらけだったので、この夜は畳の上で身を寄せ合って眠りに就いた。

だが、休息の時間は長くは続かなかった。

「いつまで寝てやがんだ‼　もう朝の四時だぞ‼」

オーナーが中華鍋とお玉を持って、部屋に押しかけてきたのである。カンカンカン！

とお玉で鍋を叩く音が室内に鳴り響く。

「うーん、あと五分寝かせてよぉ……」

「今夜のつまみは、狸の燻製で決まりだな」

「は、早く起きるのです、風来！」

「いだだだだ！」

雷訪が相棒の頬を往復ビンタして、文字通り叩き起こす。

「朝食の支度を手伝え。その後は館内の清掃だ。ふぁ……さて、俺様は昼まで寝てるから起こすんじゃねぇぞ」

寝ぼけまなこの二匹に仕事を言い渡し、欠伸（あくび）をしながらオーナーが自分の部屋に帰っていく。二匹はその後ろ姿に歯茎を剥き出しにして威嚇していたが、ふいにオーナーが後ろを振り向くと、にっこりと微笑んだ。

「さあ、厨房に行きますぞ」

「うん……」

気だるい体に鞭を打って仕事をこなした後、遅めの朝食をとりに行くと、食堂には昨夜と同じ光景が広がっていた。

こうして見ると、ホテル櫻葉に比べて従業員の数が圧倒的に少ない。オーナーは少数精鋭と言っていたが、単にケチって人員を増やしたくないだけであろう。「一日三食食べられたら、マシなほうです……」と昨夜、ちょび髭が零していた。

「いただきまーす……」

朝食は白米と味噌汁、そして自家製たくあんが二切れのみだ。

「……たくあん美味しいね」

「そうですな」

ポリポリと齧（かじ）りながら、天井を仰ぐ。二匹の脳裏には、見初を始めとしたホテル櫻葉の面々が浮かんでいた。

「うぅっ、うわぁぁん！　見初姐さん……冬緒……みんなに会いたいよぉ……！」

ポロポロと涙を流し始めた風来の背中を、雷訪が優しく擦る。

「叶わぬ夢は捨てるのですぞ。それに見初様たちも、我々がいなくなって清々しているでしょうし……う、うぅっ」

とうとう雷訪も貰い泣きしてしまい、二匹は嗚咽を上げながら冷めた味噌汁を啜った。

◆◆◆

「風来、雷訪ー！　どこに行っちゃったのー!?」

早朝六時。見初は二匹の名前を呼びながら、ホテルの裏山に落ちている石を手当たり次第に引っくり返していた。

「見初ちゃんがおかしくなった……」

同僚の奇行を目の当たりにして、永遠子がぼそりと呟く。

「で、でもダンゴムシに化けて、石の下に隠れてるかもしれませんし！」

「……ホテルの近くにはいないって、冬ちゃんが調べてくれたでしょ？　あの子たちが自分から帰ってきてくれるのを待つしかないわ」

永遠子が諭すように言うと、見初はしょんぼりと俯いてしまった。

風来と雷訪がホテル櫻葉を飛び出してから早十日。見初たちは二匹を探し続けていたが、これといった手がかりを得られずにいた。

「私が二匹を怒りすぎちゃったから……」

「見初ちゃんだけのせいじゃないわ。私や冬ちゃんも酷いことを言っちゃったもの。……だけど、雷ちゃんが言っていた大事な話し合いって何のことだったのかしら？」

永遠子は首を傾げながら、疑問を口にした。その場しのぎの嘘とばかり思っていたが、今になって雷訪の言葉が気になり始めていたのだ。

「……そういえば前の晩、お友達とお酒を飲んでいたみたいね」

「その妖怪たちなら、何か知ってるかも……！」

見初がそう思い至った直後、遠くから「おーい！」という声とともに妖怪たちが慌ただしく駆け寄ってきた。噂をすれば何とやら。二匹の飲み仲間である。

「ちょうどよかった！　皆さんに聞きたいことがあるんですけど……」

「風来と雷訪がいなくなっちまったって本当か⁉」

尋ねようとする見初を遮り、赤鼻の妖怪が焦った様子で二人に訊く。

「は、はい。十日前にホテルを飛び出したきり、帰って来なくて……」

見初がかいつまんで説明すると、他の妖怪たちは赤鼻の妖怪に非難の目を向けた。

「お前のせいだぞ！　だからやめとけって言ったんだ！」

「どうすんだよ、バカ！」

仲間に責められ、赤鼻の妖怪は思い詰めたような表情で小さく唸った。

「待って、何の話？」

状況が飲み込めず、永遠子が口を挟む。すると本人に代わって、周りの妖怪があの夜のことを語り出した。

「……で、こいつがそのチラシだ」

そう言いながら、例の求人チラシを二人に見せる。

「日給五万……ポッポ？」

「業務内容や就業時間の記載もないわね。このチラシ、何なの？」

一目で内容の不自然さに気付いた永遠子が、訝しそうに尋ねる。

「客受けはいいんだが、とんでもないブラック旅館らしくてな。従業員をタダ働き同然でこき使ってるって噂なんだよ。あいつらに話した後に、ちょっと気になって調べてみたんだ」

「もしやと思って、すぐに飛んできたんだが、一足遅かったか……」

「俺の責任だ……すまねぇ！」

自責の念に駆られ、赤鼻の妖怪がその場で土下座をする。

「だ、大丈夫ですよ！　いくらあの二匹でも、こんなのに騙されたりしませんって。ねえ、永遠子さん。……永遠子さん？」

「………」

見初がいくら同意を求めても、永遠子が首を縦に振ることはなかった。


「今日も一日頑張りましたな……」

「うん……お昼ごはん食べられなかったけど……」

風来と雷訪はその晩も売店でコーヒー牛乳を一本だけ買い、ふらついた足取りで部屋へ戻ろうとしていた。すると後ろからやって来た従業員が「おい新入り」と二匹を呼び止める。

「お前たちに客人が会いに来てるぞ」

「お客さん……オイラたちに？」

「ありゃ多分、人間の女の子だな。傍に白い仔兎もいたぞ」

その説明を聞き、二匹は弾かれたように走り出した。

来訪者はやはり見初だった。パンパンに詰まったボストンバッグを肩にかけている姿を見て、風来は呆然と呟いた。

「見初姐さん……？　あはは、オイラ幻覚でも見てるのかな……」

「ふ、風来⁉　幻覚じゃないよ、現実だよ！」

虚ろな目でこちらへ歩み寄ってくる風来に、見初は両手を広げて呼びかけた。

「ぷぅ！　ぷぅぅっ！」

「白玉様もお久しぶりですぞ……」

二匹との再会を喜ぶ白玉に、雷訪がじんと涙ぐむ。

「やっぱり二匹とも、ここで酷い目に遭ってたんだね……」

毛並みがボサボサになり、全体的に薄汚れている獣たちの姿に、見初が哀れむように言った。それと、何かちょっと臭う。

「見初姐さん、オイラたちを迎えに来てくれたの？」

「うん……あの時はごめんね。八つ当たりなんかして」

「そんなことないよ！　つまみ食いしちゃったオイラたちが悪いんだ！」

「風来の言う通りですぞ！　それに私たちも、見初様を傷付けるようなことを言ってしまいました」

頭を下げて謝る見初に、二匹も自分たちの非を認める。見初は目を潤ませたが、すぐに我に返って表情を硬くした。

「オーナーに見付かる前に、早くここから脱出するよ」

「無理だよ。ＳＰ猪が外を見張ってるんだ！」

「あのスーツ着た猪なら、永遠子さんが引き付けてるから大丈夫」

　容姿を軽く褒めただけで、コロッと落ちたのである。ここの警備体制が少し心配になったものの、見初たちにとっては都合がいい。

「ほら早く！」

「見初姐さーん……っ！」

　風来が感極まりながら、見初の胸へと飛び込もうとする。その瞬間、雷訪が何かを思い出したようにはっと息を呑んだ。そして後ろから風来を羽交い締めにした。

「……私たちは帰りませんぞ。この旅館が気に入ったのです」

「雷訪!? 何言って……モガモガ」

　戸惑う風来の口を塞ぎ、雷訪は見初を見上げながら話を続ける。

「ですから、見初様たちだけでお帰りください」

「私たちだけでって……ダメだよ！　一緒に帰ろ？　雷訪！」

「それに、皆様からの仕打ちを忘れたわけではありません。見初様に酷いことを言ってしまったと反省しておりますが、それとこれとは話が別ですぞ。見初様の顔など見たくもありませんな！」

「雷訪……」

　拒絶の言葉を放って顔を背けてしまった雷訪に、見初は表情を曇らせた。

「ぷぅっ⁉　ぷぅ、ぷぅぅ……！」

「……いいよ、白玉。帰ろう」

何とか説得しようとする白玉を片手で抱き上げ、確認するように見初が小さな声で言う。

「雷訪、本当にいいの？」

「ええ。白玉様と永遠子様を連れて、とっととお引き取りください。私と風来はいのぽっぽ亭と共に生き、共に死にます」

そっぽを向いたまま、雷訪がつっけんどんに答える。だが、その声は微かに震えていた。

「……うん、分かった。だけど、これだけ置いて行ってもいいかな？」

見初は肩にかけていたボストンバッグを、二匹の目の前にそっと下ろした。

「……それは何ですかな？」

雷訪がバッグをチラリと見て尋ねる。

「お菓子だよ。本当は二匹がお世話になったお礼にって、旅館の人たちに渡そうと思ってたんだけど……よかったら、みんなで食べて」

「まあ、お菓子くらいでしたら……」

「あっ。今月分のお給料、まだだったよね。少ないかもしれないけど……」

見初は財布からお札を数枚引き抜くと、折り畳んでボストンバッグのポケットに入れた。

「ぷぅ～っ！　ぷぅぅ……！」

見初の腕の中で、白玉が必死に脚をばたつかせる。しかし見初に優しく頭を撫でられると、「ぷぅ……」と諦めて大人しくなった。

「二人とも……元気でね」

「むぐーっ！　んんーっ！」

待って行かないで。心の中で懸命に訴える風来だが、無情にも引き戸を閉める音が玄関に響いた。直後、雷訪は風来を解放した。

「……ぷはっ。お、おバカ雷訪っ！　どうして見初姐さんを帰らせちゃったのさ！」

「おバカはそっちですぞ！　違反金のことを忘れたのですか⁉」

「あっ！」

激しい剣幕で言い返され、風来はピンッと耳を立てる。たった今まで忘れていた。

「もし永遠子様が一億円のことを知ったら、ホテルを売りかねませんぞ！」

「…………」

「何です、その反応は」

「永遠子姐さん、そこまでしてくれるかな」

祖母が遺したホテルを誰よりも愛している永遠子である。それを手放してまで、違反金を肩代わりしてくれるかは微妙なところだ。

「と、とにかく私たちがホテル櫻葉に帰ったら、迷惑がかかってしまいますぞ！　オーナーが嫌がらせで、良からぬ噂を流すかもしれませんしな！」

「それはダメっ！」

あの猪なら、そのくらいやるだろう。風来はぶんぶんと頭を横に振った。が、すぐにしょんぼりと俯いてしまう。

「だけど……見初姐さんたちと会えないなんて……」

「叶わぬ夢は捨てろと言ったはずですぞ。ぐすっ」

雷訪は鼻を啜り、見初が残したボストンバッグへ目を向けた。ポケットからお札を取り出して広げると、結構な金額だった。

「英世がいっぱいいる！　諭吉も！」

「私たちを案じてくださったのでしょうな。……これは大事に取っておきましょう」

「見初姐さんの気持ちがこもってるもんね」

だが二匹はお札をポケットに戻そうとはしなかった。神妙な面持ちで、互いの顔をじっと見る。そして風来がぽつりと一言。

「全然使わないのも、勿体ないよね」

その一時間後、風来と雷訪の部屋では盛大な宴会が開かれていた。

「くぅーっ！　久しぶりのジュースは格別ですなぁ！」

「のり塩美味しーっ！」

　明日に響くので、飲んでいるのは売店で買い込んできた炭酸ジュースだ。ペットボトル片手に、スナック菓子を思う存分むさぼり食べる。

　そこには、ちょび髭など他の従業員たちの姿もあった。

「私たちまで誘ってくださるなんて……ありがとうございます」

「皆様にはお世話になっておりますからな」

「みんな、じゃんじゃん飲んで食べて！」

　初めは遠慮がちにお菓子に手を伸ばしていた彼らも、次第にジャンクな味に夢中になっていく。いつしか狭い室内には、賑やかな笑い声が飛び交っていた。

「うちのオーナーって目にでっかい傷があるだろ？　あれって、昔別れた奥さんにやられたらしいぞ」

　従業員の一人がポテトチップスを齧りながら明かすと、その場がざわついた。

「オーナーってバツイチだったのかよ⁉」

「人は見かけによりませんな……」

　雷訪がしみじみと言う。と、その隣で風来がお菓子をじっと見詰めながら、

「ねえ……オーナーにもお菓子分けてあげようよ」

「何だって⁉　どうしてあんな奴なんかに……」

従業員たちは眉を顰めていたが、雷訪だけは賛同するように頷いた。

「風来の言う通りですな。この先ずっと、いのぽっぽ亭で働き続けていくのです。オーナーとも仲良くしていかなければなりません」

風来と雷訪は、菓子を抱えて事務室へ向かった。


「あぁ？　テメェら、何しに来やがった。ヒック」

オーナーはソファーにもたれて、赤ワインをラッパ飲みしていた。呂律が回っておらず、据わった目で二匹をギロリと睨む。

「オイラたちの友達が、お菓子を持ってきてくれたんだ。オーナーにもあげるね」

「どうぞ召し上がってください」

テーブルの隅にスナック菓子の袋をそっと置かれ、オーナーが目を瞬かせる。

「……俺にくれんのか？」

「うん！　美味しいものはみんなで食べたいもん」

風来の無邪気な言葉に、オーナーは不快そうに顔を歪めた。

「あぁ？　こんなもんで機嫌を取ろうったって無駄だぞ！　とっとと出てけ！」

「い、いえ、そんなつもりでは……」

「出てけってんだ！」

「「ヒャーッ！」」

　空き瓶を振り上げながら怒鳴られ、二匹は慌てて廊下へ飛び出した。

　パタパタと遠ざかる足音を聞きながら、オーナーは二匹が置いていった菓子を見た。その袋には見覚えがあった。

「こんなもん……」

　それを手に取り、ゴミ箱へ投げ捨てようとする。だがすんでのところで思い留まり、バリッと乱暴に袋を開封した。大きな手でスナック菓子を鷲掴みにして、口へ運ぶ。懐かしい味がした。

「……美味い」

　オーナーは過去に思いを馳せながら呟いた。

「オーナーのこと、怒らせちゃったね……」

「余計なことをしてしまったかもしれませんな。……おや？」

　落ち込みながら二匹が部屋に戻ると、従業員たちが背中を丸めて、何かを見下ろしている。

「みんな、ただいまー。何見てるの？」

　ひょいと覗き込むと、数匹のアリが畳の上をちょこまかと歩いていた。そのうちの一匹が風来の脚をよじ登ってくる。

「狸さん、こんばんは」

「喋ったっ！」

「だって僕らも妖怪だもの」

驚く風来に、アリは触角を動かしながら笑った。甘い匂いに釣られて、窓の隙間から侵入してきたらしい。

「ねえねえ。僕らにもお菓子とジュースちょうだい」

「もちろんですぞ。美味しいものは、みんなでいただきましょう」

ジュースを少量注いだ小皿を畳に置くと、「わーい」とアリたちが集まってきた。仲間を呼び寄せたのか、いつの間にか行列が出来ている。風来たちは、その様子を微笑ましく眺めていた。

「甘くて美味しいなぁ。だけど、ちょっと口直しが欲しいや」

「でしたら、さきイカでもいかがですか？」

「あ。これでいいや」

アリが齧り始めたのは、敷居の少し捲（めく）れてささくれた部分だった。

「えっ。そんなの美味しいの？」

「この苦みがいいんだよ。ちょっとカビ臭いのも、いいアクセントになってるね」

風来が怪訝(けげん)そうに尋ねると、アリは渋いコメントをした。他のアリたちも、菓子やジュースそっちのけで木のささくれを齧っている。

「まあタダですから、そんなものいくら食べても構いませんが」

雷訪はそう呟き、ぐいっとジュースを呷(あお)った。この一言がとんでもない騒動を引き起こすとは、夢にも思わずにいた。

この日以降、いのぽっぽ亭の従業員たちは夜になると一室に集まり、お菓子パーティーを開くようになっていた。

その軍資金や菓子を定期的に差し入れにやって来ていたのは冬緒だった。何故かSP猪も「また差し入れかい？」と挨拶を交わす仲になっていた。

「なあ……お前たち、何か隠してないか？」

心配そうに尋ねる冬緒に、風来と雷訪は首を横に振った。

「はて。何のことを仰っているのか分かりませんな」

「それより、見初姐さんとはちゃんと仲良くしてる？」

「余計なお世話だ、バカ！　……だけど、こんなところで本当に上手くやってるのか？」

冬緒は辺りを見回しながら、声を潜めた。その問いにも、二匹は「もっちろん！」と元気よく答える。

夜の楽しみが出来たおかげか、近頃は重労働で心を病むこともなくなっていた。一日頑張ったご褒美として飲む炭酸ジュースは、無二の美味しさなのだ。

それから嬉しい変化が、もう一つ。オーナーに怒鳴られる頻度が、何故か以前よりも減ったのである。毎晩浴びるように飲んでいた酒もやめたようで、穏やかな表情を見せるようになっていた。

「お邪魔してるよー」

届けてもらった菓子を置きに部屋に戻ると、妖怪アリたちがちょこまかと動き回っていた。ざっと数えてみても、五十匹はいる。見初や永遠子が見たら悲鳴を上げそうな光景だ。

「また木を齧りに来ていたのですか？」

「うん。お腹いっぱいになったから帰るね。ばいばーい」

バラバラに動いたアリたちが一列に並んで帰っていく。

「あれ？」

彼らを見送っていた風来が首を傾げた。帰ると言っておきながら、何故か外ではなく押入れの隙間へと向かっていくのだ。

「押入れの中に棲んでんのかな？」

「私も気になって調べてみましたが、一匹もいませんでしたぞ」

雷訪が相棒の疑問に答える。どこかに外へ通じる道があるのだろうか。アリたちが帰った後、押入れの床板を調べたものの、出入口らしき穴は見付からなかった。

「どこから出入りしてるんだろ……」

天井に無数の穴が空いていることに気付かぬまま、風来は押入れの襖を閉めた。

◆◆◆

数日後。雷訪はワックスをかけた廊下をせっせと空拭きしていた。

「ふぅ……こんなものですかな」

そう言いながら、バケツに張った水で雑巾の汚れを落としていた時だ。一匹のアリがバケツの側を横切った。

雷訪がじっと観察する中、アリは軽い足取りで木造の化粧柱を登っていき、低い位置に空いた小さな穴へと入って行った。

今のはいったい。雷訪は恐る恐る穴を覗き込み、

「……ギャッ!!」

短く叫びながら、化粧柱から飛び退いた。何故か柱の内部が空洞になっており、大量のアリが行き来していたのだ。

瞬間、部屋の敷居を齧るアリたちの姿が雷訪の脳裏に蘇った。恐ろしい予感に、冷や汗がダラダラと流れる。

「ま、まさか、食べ……」

「雷訪、どうしたの⁉　何かあった⁉」

相棒の悲鳴を聞き付けた風来がパタパタと駆け付けてきた。そして、ワックスをかけたばかりの床でツルッと足を滑らせて、転倒してしまう。

「あわわっ」

そしてカーリングのストーンのように床を滑っていき、化粧柱に激突した。

バキッ。上のほうから嫌な音が聞こえた。風来がぶつかった衝撃で、柱が折れたのである。

さらに、その表面に大きな亀裂が走り、化粧柱は瞬く間に崩れ落ちてしまった。

「「ギャアアアッ‼」」

二匹の絶叫が廊下に響き渡る。

「どうしよ、オイラのせい⁉　オイラのせいだよね⁉」

「違いますぞ！　柱の内部がアリに食い尽くされて、脆くなっていたのです！」

「ア……アリに⁉」

風来が素っ頓狂(すっとんきょう)な声を上げる。

「詳しい説明は後です！　急いでオーナーに知らせに行きますぞ！」

「うん！」

風来と雷訪は、脇目も振らず全速力で事務室へ向かった。ノックをせずに、部屋の中へ飛び込む。オーナーは窓辺に佇み、外の景色を眺めていた。

「オーナー、緊急事態ですぞ！　廊下の柱が……っ」

「おう、ちょうどいいところに来たな。お前らに話があったんだ」

慌ただしく話そうとする雷訪を遮り、オーナーが二匹を見据えながら話し始める。

「お前らを安月給で馬車馬のように働かせるのは、もうやめる。これからは正規の額を支払うし、人員も増やしていく。がむしゃらに働くお前らを見ているうちに思い出したんだよ。若い頃の自分をな……」

オーナーは背広の胸ポケットから煙草の箱を取り出し、その一本を口にくわえて火をつけた。

白い煙を吐き出しながら、かつての日々を思い返す。

ホテル櫻葉に憧れていた。たとえ真似事と笑い者にされてもいい。彼らのように、妖怪が泊まれる宿を作りたいと思ったのが始まりだった。

そして同じ夢を持った仲間たちと、いのぽっぽ亭を作った……

だがいつしか、利益ばかりを求めるようになり、それに反発する仲間たちは全員切り捨てた。妻にも逃げられ、いつも孤独感を抱えていたのだ。

「どうして、あの頃の熱い思いを忘れちまったんだろうな……」

「それどころじゃないよ、オーナー！　柱が！」

「そうですぞ！　柱が大変なことにっ！」

感傷に浸っているオーナーに、二匹が鬼気迫る表情で柱、柱と連呼する。

「な、何だ？　柱がどうしたって……」

尋常ではないその様子にオーナーが戸惑っていると、ミシ……ミシ……と軋むような音とともに、天井から木くずが降ってきた。

バキバキッ！　けたたましい音を立てながら、天井の板や梁も崩れ落ちてきた。何者かに齧られ、ボロボロに痩せ細った梁を目にした途端、オーナーの表情が強張る。

「お前ら……今すぐ逃げるぞっ！」

両脇に風来と雷訪を抱えると、オーナーは出口に向かって駆け出した。その間も建物の崩落が収まることはなく、積み重なった木材の山が行く手を阻む。

「うわーんっ！　オイラたち、ここで死んじゃうんだ！」

「最期にもう一度、八海山が飲みたかったですぞ！」

死を覚悟する二匹だったが、背後から「皆さん、こちらです！」と呼ぶ声がした。ちょび髭である。

「お客様や他の従業員は既に避難しました。後はここにいる私たちだけです！」

ちょび髭の先導で、廊下の突き当たりにある非常口から外に脱出する。

建物が完全に崩壊したのは、その数分後だった。

「ごちそうさまー。美味しかったよ」

おびただしい数のアリが瓦礫の山から現れ、茂みの中へと消えていく。奇跡的に逃げ遅れた者はいなかったものの、従業員や宿泊客は呆然と立ち尽くしていた。

「ごめんなさい、オーナー！　オイラたちがアリたちを引き寄せちゃったんだ！」

「これくらいしか手持ちがありませんが……また一からやり直しましょう！」

その場にへたり込むオーナーに駆け寄り、風来と雷訪は肌身離さず持っていた有り金を差し出した。しかしオーナーは二匹を一瞥（いちべつ）すると、静かに首を横に振った。

「いや……お前らのせいじゃねぇ。今まで好き勝手やってきたバチが当たったんだよ」

そう言って立ち上がったオーナーの元へ、あのSP猪がゆっくりと歩み寄った。

「あんちゃん……故郷に戻ろう」

どうやら彼らは兄弟だったらしい。

「そうだな」

弟の言葉に相槌を打ち、オーナーは憑き物が落ちたような表情で従業員の面々に頭を下げた。

「……今まですまなかったな。いのぽっぽ亭は閉館だ。みんな達者でな」

そう言い残し、弟と二人でどこかへと去っていく。猪ブラザーズの後ろ姿が見えなくなった後、ちょび髭が声を震わせながら呟いた。

「こ、これで帰れる……」

その一言を皮切りに、従業員たちが一斉に歓声を上げた。

「よっしゃーっ！　一億円も払わずに済むぞ！」

「妻と子供にも会える……ああ、よかった……！」

そんな中、風来と雷訪だけは、時が止まったかのように固まっていた。何せこの二匹、帰る場所がないのである。

「これからどうしよう……」
「今さらホテル櫻葉に戻るなんて、虫がよすぎますからな……」
コンビニで買った菓子を食べながら、とぼとぼと夜道を歩く。そうこうしているうちに、見覚えがある建物が見えてきて、風来と雷訪は我に返ったように立ち止まった。無意識にホテル櫻葉を目指していたのである。
はぁ……と深い溜め息をついた時、「あっ！」と後ろから聞き覚えのある声が聞こえた。振り返れば、飲み仲間のメンバーが慌てたような表情で二匹へと駆け寄ってくる。

「いのぽっぽ亭が物理的に潰れたって聞いて、お前らをずっと探してたんだよ！　無事だったんだな」

「無事ですが、無事ではありませんぞ」

「あ？　どういうことだよ」

「オイラたち、無職になっちゃったよ〜！」

せっかく上手くやっていけそうだったのに。二匹は目を潤ませながら、自分たちの窮状を訴えた。

「そいつは、ご愁傷様だったな」

「まずは今晩の寝床を見付けなくてはいけませんぞ……」

「何言ってんだ。新しい職を探すほうが先だろ？」

赤鼻の妖怪が『スタッフ大募集！』と書かれたチラシを、二匹に差し出す。

それを受け取ろうとするが……

「ホテル櫻葉のチラシじゃありませんか！」

「ここには戻れないんだってば！」

かつての職場の求人チラシと分かり、すぐに突き返そうとする。自分たちの代わりを募集しているのだろう。そんなもの、見たくなかった。

「いいから、よく読んでみろって」

赤鼻の妖怪に優しい声で促されて、渋々目を通していく。

「あ……！　ら、雷訪。ここ見て」

ある一文を見付けて、風来が声を上げた。

「どうしました？　日給十万円とかですかな？」

「そうじゃなくて、これ！」

半ば投げやりになっている相棒にも分かるよう、ある文章を指差す。

『応募資格は狸と狐。ただし、経験者に限る』

ようやく気付いた雷訪は、はっと息を呑んだ。言葉を失っている二匹に、赤鼻の妖怪が話しかける。

「同じ業種の経験者に来て欲しいんだろ。と言っても、宿で働いてる狸と狐なんて滅多に……」

最後まで聞かずに、風来と雷訪がホテルへと走り出す。その後ろ姿を眺めながら、飲み仲間たちは「やれやれ」と安堵の笑みを零したのだった。

第四話　祝賀会

一週間の寿命とは思えない、力強い蝉の鳴き声がそこかしこから聞こえる。

鬱蒼と生い茂った木の葉が太陽の光を遮り、日中であっても薄暗い山道を一人の青年が歩いていた。

その後ろで、一体の式神がふわふわと浮遊していた。うっすらと七宝文様が入った群青色の狩衣に身を包み、その下から蛇のような下半身がひょろりと伸びている。頭の上には黒い烏帽子をちょこんと載せており、顔は白い無地の布で隠されていた。

「主様〜、ここはどこなのです？」

キョロキョロと周囲を見渡しながら、式神が尋ねる。

「椿木家が所有する茶室がある山だよ。僕もここを訪れるのは初めてだが」

椿木雪臣は後ろを振り返らずに答えた。

「こんな山奥でお茶を飲むのです？　人間様は変わったことをなさるのです」

「違うよ、茶を飲みに来たんじゃない。ここに暮らす妖怪たちに聞きたいことがあるんだ」

「ほへー。でしたら、あそこにいる方々に聞いてみるのです」

式神が雪匡の服の袖を引っ張りながら、一本の木を指差す。その陰にこっそり隠れて、来訪者の様子を窺っていた妖怪たちが「ひゃっ」と情けない声を上げた。

「よく気付いたな」

「こっちを見ながら、ひそひそとお話をされていたのです」

雪匡が感心したように呟くと、式神はこともなげに言う。その間に、妖怪たちがそっとその場から離れようとする。だが雪匡に「待ってくれ」と呼び止められ、びくっと体を震わせた。

「あ、あなたは椿木家の人……？」

「いや、たまたまここに立ち寄っただけだ。あの家とは何も関係ない」

恐る恐る尋ねる妖怪に、雪匡は咄嗟にそう否定した。椿木家の人間以外は、滅多に足を運ぶことのない山だ。少し無理のある言い分だったが、妖怪たちはすんなりと警戒を解いた。

「そうだよね。お兄さん優しそうな人だし、あんな奴らの仲間なわけないか」

「……彼らは君たちに何をしたんだ？」

その問いに、妖怪たちが表情を曇らせる。

「僕ら……悪いことなんて何もしてないのに、突然結界の中に閉じ込められたんだ」

「消されちまった奴もいる。俺たちだって、あの龍が助けてくれなかったら……」

雪匡が聞き返すと、妖怪は苦い表情で頷いた。

「龍？」

「緑色の綺麗な龍だった」

碧羅だ、と雪匡は確信した。

椿木家とも因縁の深い龍がついに祓われたという話は、雪匡の耳にも入っていた。だが、その時どのような状況だったのか、如何にして碧羅が祓われたのか、詳細が一切明かされていないのだ。雪匡の父であり、椿木家の当主である紅耶が現場に居合わせていたにも拘わらず。

あの日、何があったのかを知りたい。その一心で、こうして訪れたのだが……

「あれ以来、多くの妖怪がこの山から去って行った。いつまた椿木家の連中が来るかも分からないからな。今も残っているのは、俺たちぐらいだ」

「君たちはどうして逃げようとしない？」

「生まれ育った山を簡単に離れられると思うか？」

妖怪は少しむっとしたように切り返した。

「そうか。そうだな……」

雪匡は目を伏せて、妖怪の言葉を咀嚼する。

「……すまなかった」

「え？　お兄さんが謝ることないのに。悪いのは椿木家なんだから」

「………」

無邪気な言葉が、雪匡の心に深く突き刺さる。

「それに、優しい人間がたくさんいることだって知ってるよ。鈴娘さんたちだって、僕らを助けようとしてくれたんだ」

「鈴娘……」

どこかで聞いたことがあるような。目を瞬かせて記憶を辿っていると、

「『ほてるさくらば』ってお宿のお姉さんだよ。えーと確か……」

「時町見初？」

真っ先に思い付いた名前を口にする。

「あ、そうそう。冬緒って鈴男さんも一緒だったよ」

「あの二人が……ここに……」

驚いた様子の雪匡に、「鈴娘さんたちのお友達？」と妖怪が首を傾げながら訊く。それは、どうだろうか。

「……君たちは、ホテル櫻葉を知っているのか？」

雪匡ははぐらかすように、質問を質問で返した。

「うん。あそこにいる人間はいい人たちばかりだし、お泊まりしたこともあるよ」

「メシも美味いしな。だけど、最近様子がおかしいんだよな……」

話に割って入った妖怪が、訝しそうな顔で呟く。すると他の仲間たちも、同調するように頷いた。

「本当にどうしちゃったんだろうな」

「椿木の一件が関係してるのかもしれないぞ」

「もしかして、お宿を辞めちゃうのかな……？」

話の内容が、どんどん不穏な方向へと流れていく。

「あのホテルで何かあったのかい？」

蚊帳の外になっていた雪匡が会話に口を挟むと、彼らはピタッと静かになり、お互いの顔を見合った。そして困惑したような表情で一言。

「僕らにも、よく分からないんだ」

目的を果たしたらすぐに帰るつもりだったが、ホテルの異変に椿木家が関わっているとしたら、放っておくわけにはいかない。雪匡は予定を変更して、急遽ホテル櫻葉へと向かうことにした。

「こちらは妖怪も泊まれるお宿なのです？」

エントランス前に停車したタクシーから降りるや否や、式神が雪匡に尋ねる。

「そうだよ。僕たちがここを訪れたことは誰にも……」

「『かき氷始めました』」

「は？」

「ここにそう書いてあるのです」

式神が入口に貼られている紙を指差す。確かに女性的な丸字で、同じ文言がしたためられていた。

「暑い夏にぴったりなのです」

だからと言って、わざわざ貼り紙をして知らせるようなことだろうか。疑問に思いながら、雪匡は館内へと足を踏み入れた。

「へいらっしゃい!!」

「!?」

威勢のいい掛け声が雪匡を出迎える。だが雪匡を驚愕させたのは、それだけではなかった。

普段はシックな雰囲気が漂うロビーに、何故かミニキッチンが設置されている。そして頭にバンダナを巻き、黒いTシャツを着た見初と永遠子（とわこ）が忙しなく動いていた。

「味噌一丁、醤油二丁！」

「あいよ、永遠子さんっ！」

注文を受けて見初が大鍋に麺を投入した。

キッチンの周囲に設けられたテーブル席では客たちが黙々とラーメンを啜っており、中には赤いシロップがかかったかき氷を頬張る子供もいる。

見なかったことにしよう。

そっとホテルを立ち去ろうとする雪匡だったが、時既に遅し。永遠子にその姿を捕捉されていた。

「あら、雪匡さん久しぶりね。風ちゃん、雷ちゃん、ご案内してあげて！」

「「あいよっ！」」

女子高生に化けて接客していた風来と雷訪が、ささっと雪匡の両脇に立ち、式神に札を渡す。

「これで人間に見えるよ」

「いや、僕は……」

「二名様ごあんなーい！」

「どうぞ、こちらへお掛けください！」

断る間もなく、ちょうど空いていたテーブルへと連行されてしまう。

「どうしてこんなことに……」

「美味しそうな匂いなのです。楽しみなのです」

頭を抱える雪匡の向かい側では、式神が興奮した様子でロビーを見回している。そこへ見初たちと同じような格好をした冬緒が、お冷やとメニュー表を持ってやって来た。

「雪匡さん？　こんなところで何してるんだ？」

意外な客人に目を丸くしている。

「君たちこそ、いったい何を……」

雪匡の言葉は最後まで続かなかった。

妖怪たちの話を聞き、心配して見に来たというのに。お冷やを飲んで溜め息をついていると、冬緒が内緒話をするように身を屈めて小声で言った。

「助けてください……！」

助けを求めながら、熱気が漂うキッチンをチラリと見る。雪匡がその視線を目で追いかけると、見初が茹でた麺をザルで引き揚げるところだった。

「いよいしょぉぉぉっ!!」

チャッ、チャッ。キレのいい動きで湯切りした麺を、スープを注いだ丼へ盛りつける。そこに永遠子が野菜やチャーシューなどの具をトッピングし、完成したラーメンを風来と雷訪がテーブルへ運んでいく。

「……ホテルは廃業して、ラーメン屋でも始めたのかい？」

「違う！」

冬緒はきっぱりと否定して、ロビーの片隅に追いやられたカウンターテーブルを指差した。宿泊施設としては、きちんと機能しているようだ。

「永遠子さんが突然『このホテルに新しい風を吹かせたいの』って言い出したんだ」

「それでこんなバカなことを？」

「しっ。永遠子さんに聞かれたらぶん殴られるぞ」

冬緒が口元に指を当てて警告する。

「初めはガパオライス屋だったんだ。ロビーの内装もタイっぽくして……ほら、あそこにエキゾチックな象の置き物があるだろ？　あれはその名残」

「ほ、本当だ……」

ミニキッチンの傍らでは、なぜかインドからわざわざ取り寄せた黄金のガネーシャ像が座禅を組んでいる。

「……で、思ったより客受けがよかったんだ。そしたら永遠子さんが調子に乗って、今度はラーメン屋を始めるって言い出したんだよ」

「朱男(あけお)さんは……朱男さんはどうした？　櫻葉さんの暴走を止めなかったのか？」

「柳村(やなむら)さんなら……」

冬緒が言いかけた時、ロビーの奥から大鍋を両手に抱えた柳村が姿を現した。見初たちと同じようにバンダナを巻き、『櫻』の文字が入った前掛けをつけている。

「永遠子さん、味噌スープお持ちしやしたっ！」

「ありがと！　チャーシューとメンマの追加も頼むわ！」

「あいよっ！」

永遠子のオーダーを受けて、再び奥へと消えていく。使い走りをさせられている柳村を目の当たりにして、雪匡は唖然とした。

「このホテルでは、総支配人の地位は低いのか？」

「このホテルの最高権力者は永遠子さんなんだ」

独裁政治、という単語が雪匡の脳裏に浮かんだ。

「だったら他の従業員たちで説得を……」

「それも無理だ。見初も獣たちもノリノリでやってるから。こういうのを全力で楽しむタイプなんだ」

冬緒はげんなりと肩を落とした。

「しかも、『ラーメンの次はマリトッツォに挑戦しようかしら』って言ってて……ブームなんてとっくに過ぎてるのに……」

「塩、味噌、醤油、とんこつ。色んなラーメンがあるのです」

嘆く冬緒を余所に、式神はメニュー表を見てはしゃいでいた。

「……雪匡さんの式神に、こんな奴いたか？」

「涼暮だ。つい数ヶ月前から連れている」

「どうぞ、お見知り置きをなのです」

雪匡の紹介に合わせて、涼暮がペコリと頭を下げる。「あ、ああ」と冬緒も遅れて会釈した。冷静沈着な雪匡には似つかわしくない、よく言えば愛嬌のある、悪く言えば少し抜けていそうな式神だ。

「主様はどれになさるのです？」

「僕はあまり食欲がないんだが……」

メニュー表を差し出され、やんわりと断ろうとする雪匡に、冬緒が「キッチンを見てください」とさり気なく目配せをする。

永遠子がこちらのテーブルをチラチラと窺っていた。

「食べていかないと帰らせてくれないからな」

「それでは、涼暮は味噌にするのです。お野菜もいっぱい食べたいのです」

「野菜の大盛りは追加料金になるけどいいか？」

「いいのです」

冬緒は雪匡に聞いたつもりだったが、涼暮が受け答えをした。

「……僕は醤油で」

雪匡も溜め息交じりに注文する。それから数分後、風来と雷訪が丼を運んできた。

「味噌ラーメン野菜大盛りと、醤油ラーメンでございまーす！」

「ごゆっくりお召し上がりください！」

出来立てのラーメンから湯気とともに、美味しそうな匂いが立ち込める。雪匡と涼暮は「いただきます」と合掌して、麺を啜った。

「コクのある味噌スープが美味なのです。シャキシャキの野菜とぴったりなのです」

「お前器用に食べるんだな……」

顔を隠している布が汚れないよう食べ進める涼暮を観察しながら、冬緒が少し驚いたように言う。

「涼暮はお箸を使えますし、文字だって書けるのです」

涼暮がえっへんと胸を張る。一方雪匡は、味をよく確かめるようにレンゲでスープを飲んでいた。

「なかなか美味いな……これは時町さんと櫻葉さんが？」

「スープとチャーシューは、あらかじめ桃山（ももやま）さ……うちの料理長が作ったものだ。それを柳村さんが厨房からこっちに運んできてる」

冬緒は後ろ手を組みながら、種明かしをした。

「つまりあの二人は、パフォーマンスで麺を茹でたり、具を盛り付けているだけ……？」

「ガパオライスの時もこんな感じだったよ。……あ、それじゃあ俺はこれで」

軽く一礼すると、冬緒は他のテーブルへ注文を取りに行った。

「変なお宿なのです」

涼暮はストレートな感想を述べ、チャーシューを頬張った。

「だけど人間も妖怪も、とっても楽しそうなのです」

「気に入ったかい？」

「うーん……」

雪匡の問いかけに、箸を止めて左右に首を傾げる。

「みんなが仲良くしているのを見ていると、何だか胸の奥がざわざわするのです。涼暮はどうしてしまったのです？」

「……見慣れない光景に戸惑っているだけだ。気にしなくてもいい」

雪匡はそう言い切り、自分のチャーシューを涼暮の丼に移した。

椿の花を彷彿(ほうふつ)させる深紅の瓦が目を引く、三階建ての豪奢(ごうしゃ)な屋敷。陰陽師の名家である椿木家では、ある準備が粛々と進められていた。近々、椿木家当主である紅耶の誕生パーティーが開催されるのだ。

「私もこの歳だ、自分の誕生日などに興味はないのだがね」

主役である紅耶は、素っ気ない口調で独りごちた。つまらなそうな顔で、読みかけの本に目を落とす。

「お気持ちは分かります。しかし毎年執り行われている祝賀会を中止するというのは……」

「各界の著名人も出席されるはずです。どうかご理解ください」

「……分かっているよ。祝賀会は予定通り執り行うように」

頬を引き攣らせた部下たちに諫められ、紅耶は渋々といった様子で片手を上げて命じた。

「か、かしこまりました。それでは失礼いたします」

部下たちが深々と頭を下げて、そそくさと退室する。彼らと入れ替わる形で、紅耶の自室に来訪者が現れた。

「ただいま戻りました、外峯です」

「ああ、入りなさい」

紅耶が促すと、ゆっくりと障子が開く。外峯は「失礼します」と入室し、部屋主の正面に腰を下ろした。

「さて、首尾はどうだ？」

「原因は不明ですが、やはり去年に比べて封印が著しく弱まっています。このままの状態が続くのであれば……」

「今年こそは解けるかもしれない、ということだな？」

「その可能性は高いと思われます」

その報告に紅耶は目を見開き、やがて視線をゆっくりと床へ下ろした。

「ようやく、か。いや……あと十年はかかると思っていたよ。うちの陰陽師たちもなかなか優秀じゃないか」

「恐縮でございます」

謙遜して頭を下げる外峯だが、その表情は硬い。

「何だ？　言いたいことがあれば言いなさい」

「では僭越ながら……あの祠に封じられているものとは、いったい何なのですか？」

苔むした石の祠は、椿木家の屋敷から南方へ進んだ先にあった。周囲に人が立ち入らないようにするためか、縄が張られている。

あの中には何かがいる、と外峯は祠を一目見て直感した。強力な封印を施して、動きを封じているのだ。

誰が何のために閉じ込めたのか。そして紅耶は、何故それを解き放とうとしているのか。

「昔、仕留め損なった妖怪だよ。いつまでも臭いものに蓋をしておくわけにもいかんだろう。いい加減あの祠も撤去したいと思っている」

核心には触れていないような、はぐらかすような物言いだった。祠の存在を明かしているのは、ごく一部の陰陽師だけである。しかし彼らにすら多くを語ろうとしない。

いつものことながら、当主の意図が読み取れない。外峯はそのことに不満よりも、薄気味悪さを感じた。

雪匡は父親の部屋の前に立ち、中から聞こえてくる会話にこっそり耳を傾けていた。そして気付かれないうちに、と静かに立ち去る。

都会から離れていることもあり、夜の椿木家は静寂に包まれている。縁側を歩いていると、夏の夜特有の生暖かい風が雪匡の頬を撫でた。

「あっ、主様〜」

廊下の前方から、一体の式神がふよふよとこちらへ寄ってきた。

「涼暮？　部屋で待っているように言ったじゃないか」

「夜は暗くて寂しいのです」

涼暮は雪匡の斜め後ろにささっと回り込み、いつもの定位置についた。

「主様、何かあったのですか？　悲しんでいるような怯えているような、不思議なお顔をなさっているのです」

主の異変を察して、涼暮が強張った横顔を見詰める。

「少し寝不足で疲れているだけだ。別に心配いらないよ」

「……はっ、あと少しで紅耶様のお誕生日なのです。もしかして何を贈ろうか悩んでおい

いなさそうな声で、雪匡を労った。

「父上はあまり物を欲しがらない人だから。毎年苦労しているんだ」

雪匡が作り笑いを浮かべて、話を合わせる。涼暮は「ご苦労なのです」とよく分かって

で、眠れないのです?」

ラーメン屋気分を存分に味わった後は、マリトッツォの風を吹かせると息巻いていた永遠子だったが、その熱いパトスは思わぬ方向へと走り出していた。

「音楽バンドを結成しましょう」

その鶴の一声によってホテルの披露宴会場に集められたメンバーは、突然の路線変更に困惑していた。

「音楽バンドってどういうことですか⁉」

「マリトッツォやるって言ってたじゃん！」

「納得出来る説明を求めますぞ！」

あわよくば自分たちもマリトッツォを食べる気満々だった見初、風来、雷訪が抗議の声を上げる。すると永遠子は、すっ……と隣に立つ人物を手で指し示した。

腑に落ちない表情でギターを肩に掛けている十塚海帆だった。

「あのね、海帆ちゃんってギターが弾けるらしいの」

「弾けるって言っても、ちょっと齧(かじ)った程度だよ」

「ずっと前からバンドを組んでみたいって思っていたのよ」

「絶対急に思い付いただけだよね？」

海帆が淡々と合いの手を入れる。

「永遠子さん、勘弁してよ。私、ギターそんなに上手くないし……」

拙(つたな)さをアピールするように軽く鳴らしてみたが、これがいけなかった。永遠子の目がキラリと光る。

「いけるわ……！」

「ああーっ、いらんことした！」

ますます音楽魂に火を点けてしまった。

「いや、本当にやめたほうがいいって！　私なんてド素人に毛が生えた程度だよ⁉」

「全員初心者だから心配しないで！」

「ええーっ⁉」

永遠子の浅はかな言葉が、海帆の不安をさらに煽る。

「み、海帆さん頑張りましょう！　私たちなら、武道館を目指せますよ！」

「見初姐(ねえ)さんがそう言うならいけるかも！」

「私たちには無限の可能性がありますぞ！」

　切り替えの早い見初たちは、無謀にも程がある目標を掲げていた。

「このメンツで武道館なんて行きたくないよ！　こら、冬緒！　さっきから何黙ってんだよ。一緒に永遠子さんを止め……」

「……バンド、いいんじゃないか？」

「はぁ？」

　これまで沈黙を守ってきた最後のメンバーが、妙なことを言い出した。

「ガパオライスとラーメンって食べ物続きだっただろ？　この辺りで趣向をガラッと変えてみるのも悪くないかなって……」

　獣たちと盛り上がっている見初を凝視しながら、言い訳がましく語っている。

（こいつ、見初とデュエットがしたいだけだ！）

　海帆の中で、冬緒への信頼度がガクンと下がった。

　早くもメンバー同士の不和が生じる中、ポジションの振り分けが行われていく。

「ギターは当然、海帆ちゃんでしょ。ドラムは風ちゃんと雷ちゃん。二匹でパートを分けて演奏してちょうだい」

「ドラムって何だっけ？」

「太鼓みたいに叩く楽器よ」

日頃、太鼓の音楽ゲームをプレイしている二匹には最適のパートである。

「ほほぉ、楽しそうですな」

「そしてボーカルは、私と見初ちゃんと冬ちゃんね」

「えっ、何か多くないですか？」

見初は自分を指差しながら、冬緒と永遠子を交互に見た。

「本当は私と見初ちゃんのデュエットにするつもりだったんだけど……」

「俺は見初の彼氏なんだから、俺が見初とデュエットするべきだろ」

恥も外聞も捨てて、冬緒がはっきりと宣言する。

「冬緒さん……」

見初は反応に困った。「私、キーボードが弾きたいです」とは口が裂けても言えない。

「と、ところでコレって、どこから調達してきたんですか？」

話題を逸らすべく、見初はどう見ても新品同様のドラムを観察しながら質問した。

「知り合いの楽器店から、格安でレンタルさせてもらったの」

「行動力とコネは無駄にあるんだよな」

海帆は感心と呆れが混じった顔で呟いた。

「それじゃあ、早速練習を始めるわよ」

永遠子が各自に楽譜を渡していく。見慣れないタイトルに、見初が「この曲なんですか?」と尋ねる。

「楽器店の人が昔、バンドを組んで演奏していた曲よ。海帆ちゃん以外音楽経験が一切ないって言ったら、『まずはこれで練習してみて』って貸してくれたの」

「親切な人ですね……」

テーブルを隅に避けて広めに設けたスペースに、四人と二匹が配置につく。

「ぷう、ぷうう!」

「フォッフォッフォッ。特等席じゃな」

見物客は白玉(しらたま)と、たまたま泊まりに来ていた雨神(あめがみ)である。見初たちの正面に置いた椅子に座り、膝の上に白玉をちょこんと乗せている。

「みんなー!　いくよーっ!」

風来がスティック同士を叩いて合図を出し、初の曲合わせが始まった。まずは初めということで、各々思うままに歌い、演奏していく。その間、雨神と白玉は真剣な表情で彼らの演奏を聴いていた。

ラストを海帆のソロパートで締めくくり、無事に一曲を完走すると見初たちは健闘を称え合うように拍手をした。

「私たち結構いけてません!?」

「だな。特に俺と見初のパートが綺麗にハモってた」

「最初にしては、なかなかじゃないかしら。白玉ちゃんと雨神様もそう思うでしょ?」

達成感に包まれる中、永遠子が観客席へ目を向ける。

「そうじゃのぅ……」

いつの間にか開けていた缶ビールを飲みながら、雨神は首を捻った。膝の上では、白玉が自分の両耳を前脚で塞いでいる。

「ダ、ダメでした……?」

好感触とは程遠い雰囲気に、見初が恐る恐る感想を催促する。

「ちょっと言いにくいんじゃが」

「気になるんで、はっきり言っちゃってください!」

「酒が不味くなるのぅ〜」

「それは言いすぎじゃありませんか⁉」

もう少し手心を加えて欲しかった。

「ぷぅぅ。ぷぅ、ぷぅ……ぷぅぅ」

「風ちゃん、雷ちゃん。白玉ちゃんは何て?」

「ドラムとギターは問題ないってよ」

「ですが、ボーカルが全員張り合うように歌っていて、音程も滅茶苦茶。聴くに堪えないと仰っております」

二匹の通訳に「その通り」と、白玉が頷く。

「つ、つまりボーカルがダメってこと……⁉」

仔兎の辛辣なコメントが見初の心を抉る。

「そもそも三人もボーカル要らんじゃろ」

「白玉様もボーカルは一人で十分だと仰ってますな」

「うっ」」

正論を突き付けられ、冬緒と永遠子は力なく俯いた。

「よし……解散っ‼」

重苦しい空気が漂う中、早々と匙を投げると決めた海帆がそう叫んだ直後だった。

「いいお歌だったのです。もっと聴きたいのです」

「ギャアアアッ！」

突然背後から聞こえた声に、海帆は悲鳴を上げた。その声に驚いた闖入者も「ひゃー」と飛び上がる。

「何じゃ、あの青いの。いつ入ってきたのか、まったく気付かんかったのぅ……」

雨神が感心するように呟く後ろで、ドアが勢いよく開く音がした。

「涼暮！　こんなところにいたのか……！」

息を切らしながら会場へ駆け込んできたのは、雪匡だった。

「雪匡さん？　この間も来てなかったか？」

きょとんと首を傾げる冬緒に、雪匡は「……個人的な用事だよ」と目を泳がせながら言った。そして天井付近でふわふわと浮いている式神を見上げる。

「それより涼暮。勝手にいなくなるなと言っただろう」

「ごめんなさいなのです。だけど、お歌が聞こえたのです」

「ああ、耳障りな歌のことか。君を探している最中に聞こえていたが……」

歯に衣着せぬ物言いに、冬緒が「耳障り……」とショックを受ける。しかし見初と永遠子は立ち直りが早かった。

「雪匡さん、今時間空いてますか？」

「私たちの特訓に付き合ってちょうだい！」

「ど、どうして僕が……」

女性陣に詰め寄られ、雪匡の顔に焦りの色が浮かぶ。だがその時、意外な助け船が出された。

「おや、雪匡様。こちらにいらっしゃいましたか。少しお話ししたいことがあるのですが……よろしいでしょうか？」

朗らかな笑みを浮かべ、会場に現れたのは柳村だった。

披露宴会場を後にした雪匡と柳村は、ロビーのソファーに向かい合って座っていた。

「ありがとうございます。おかげで助かりました」

「いえ、お気になさらずに。ですが、あちらに置いてきてよかったのですか？」

柳村は『涼暮はここにいるのです』と、あの場に残った式神について尋ねた。

「はい。涼暮は歌を聴くことが好きなんですよ。テレビで曲が流れると、僕が声をかけても気付かないでずっと聴き入っているんです。……歌なら何でもいいんでしょうね」

会場の外にまで漏れ出していた不協和音を思い返し、雪匡が眉を顰める。その顔を見て、柳村は小さく笑った。そして間を置いて、話を切り出す。

「あなたが本日いらっしゃったのは、時町さんにあの件をお願いするためですか？」

「気付いていたんですか？」

「はい。明日は紅耶様のお誕生日ですからね。おおよその見当はつきます」

「……今年こそは解けるかもしれない。父と外峯がそう話しているのを聞きました」

雪匡がそう明かすと、柳村の顔が僅かに強張った。

「とうとうその日がやって来ましたか」

「これは椿木家の問題です。時町さんを巻き込むべきではないと重々理解しています。ですが……」

「もしもの時、力をお借りしたいと思っているんですね？」

その問いかけに雪匡は無言で頷き、自嘲するように笑った。冬緒や永遠子たちと楽しそうに過ごす見初の姿が脳裏に浮かぶ。

「そう思っていましたが、やっぱりやめることにしました。……僕の勝手な都合で、彼女を再びここから連れ出すわけにはいきません」

「……そうでしたか」

「それに、父も相当の覚悟をもって封印を解くはずです。『もしもの時』は来ないと信じています」

胸の内に巣くう不安を無理矢理拭い去るように言う。柳村が何かを言おうと口を開きかけた時、涼暮が雪匡の下へ戻ってきた。

「ただいまなのです」

「もういいのか？」

「方向性の違いとやらで喧嘩を始めて、お歌を歌ってくださらなくなったのです」

「ああ……」

やっぱり揉めたか、と雪匡は思った。どう考えても『三人のボーカル』に問題があるのだろう。

「では僕たちは、そろそろ失礼します。それと、時町さんには……」

「はい。お伝えしませんので、ご安心ください」

「ありがとうございます」

雪匡はソファーから立ち上がって頭を下げた。

「主様、そのトキマチ様にご用があったのに、もうお帰りになるのです？」

「彼女は歌の練習で忙しそうだったからね」

「さっきの方々の中にいたのですか」

「僕に時間が空いているか聞いてきた女性がいただろう？　彼女が時町さんだ」

「トキマチさん」

涼暮は記憶に刻み付けるように、名前を復唱した。

「雪匡様、一つだけよろしいでしょうか？」

ロビーを去ろうとする雪匡と涼暮を、柳村が引き留める。

「あの祠に何が封印されているのか、あなたはご存じなのですか？」

「……いいえ。大事なことは、息子である僕にも明かしてくださらないんです」

雪匡は最後に一度頭を下げて、ホテル櫻葉を後にした。

◆　◆　◆

「あー……あー……ゲホッゲホッ」

翌日の朝。見初はベッドの中で喉に指先を当てながら、声が出るかを確かめていた。昨晩、延々と歌い続けて喉を酷使してしまったのである。

おまけにバンドはラップ曲が歌いたい永遠子と、バラードソングが歌いたい冬緒との間に確執が生まれ、僅か数時間で解散を迎えた。たった一日の短い命だった。楽器店で借りたドラムや楽譜もさっさと返却することになり、得られたものが何もない。

「ぷぅ……？」

「ううん、熱も鼻水も出てないから、風邪じゃないよ。だけど後で、のど飴買いに行こうかな……」

今日はラッキーなことに非番だ。一日のんびり過ごして、喉を休めるのだ。いまだ冷戦状態が続いているであろう冬緒と永遠子が少し心配だが、これ以上巻き込まれるのはごめんなので、放っておくことにした。

ドラッグストアでのど飴だけでなく、ティッシュや洗剤なども大量に買い込んで寮に戻る。もちろんお菓子を買うのも忘れない。

「白玉ただいまー」

お留守番していた相棒に声をかけながら、部屋のドアを開けた時だった。

「おかえりなのです」

「ぷぅ～」

昨日、バンドの演奏を聴いていた雪匡の式神だ。何故か背中に白玉を乗せて、勝手に部屋の中を飛び回っている。

「ただいま……涼暮、さん？」

「さんはいらないのです。涼暮は涼暮なのです」

「何でここにいるの？」

「ここが時町様の部屋だと、狸さんと狐さんに教えてもらったのです」

「はぁ……」

後であの二匹には、個人情報の重要性を説かなくてはならない。

「今夜、紅耶様の誕生日パーティーがあるのです。それに時町様も来て欲しいのです」

涼暮は白玉を背中から下ろしながら言った。

「私に？」

「主様は、時町様たちに演奏を披露して欲しいと思っておいでなのです」

「雪匡さんが⁉」

見初は素(す)っ頓狂(とんきょう)な声を上げた。

「はい。ですが、昨日は結局お願い出来なくて、そのまま帰ってしまわれたのです」

「え……まさか、雪匡さんの個人的な用事って……」

いやそれはないない、と見初は我に返った。だってバンドを結成したの昨日だし。

「多分あなたの思い違いだと思うんだけど……」

「時町様たちの歌は心がこもっていて、すごく素敵だったのです。もっと多くの方々にもお聴かせしたいと思ったはずなのです」

「雪匡さん、耳障りな歌って言ってたけど」

「多分照れ隠しなのです」

「そうかなぁ……」

そもそもの話、紅耶の誕生日パーティーだなんて冗談じゃない。茶会の一件で、あの男には苦い思いをさせられたのだ。仮に涼暮が言っていることが本当だとしても、応じることなど出来ない。

「あの……ごめんなさい。実は私たちのバンド、昨日で解散しちゃったの。だから本当に、ほんっとうに申し訳ないけど……」

「主様は昨日ホテルから帰る時、何だか元気がなかったのです。時町様にお願いしたくても、出来なかったみたいなのです。今朝もずっと暗いお顔をされていて……」

「うっ」

表情こそは分からないものの、涼暮の声がどんどん沈んでいく。見初の良心がずきんと痛む。

「これ以上、主様のあのような姿を見たくないのです……涼暮は消えてしまいたくなるのです……」

「うぅ……」

心の天秤がぐらぐらと揺れる。しょんぼりと項垂れる姿に、見初は腹を括ることを決めた。

「ああもう、出るよ！　パーティーに出るから、そんなに落ち込まないで！」

「本当なのです？　恩に着るのです」

涼暮はぱっと顔を上げた。しかし見初は宣言してしまってから、すぐに後悔した。

「あ、でも他のみんなは連れて行けないや……」

「どうしてなのです？」

「どうしてって……」

冬緒は一族を破門された身で、永遠子も碧羅の件で椿木家には思うところがあるだろう。

風来と雷訪も妖怪だとバレたら、即刻祓われる可能性があるので除外。

となると、残るメンバーは一人。

「見初と二人で？　いいよ、やるやる」

自室に見初と涼暮を招いた海帆は、二つ返事で承諾してくれた。

「い、いいんですか？　昨日誰よりも乗り気じゃなかったのに……」

もう少し渋られると予想していた見初が、念のために聞き直す。海帆は照れ臭そうに愛用のギターを抱えて、

「いやぁ、いざやってみたら案外楽しかったんだよね」

「やった！　海帆さんがいれば百人力です！」

「で、バンド名はミソアンドミホにしとく？　どうでもいいんだけど」

「どうして私だけ発酵食品になってるんですか？」

喜びの笑顔から一転、見初は真顔になった。

「なかなかイカす名前なのです」

涼暮には好評だったようで、パチパチと小さな拍手を送っている。

「やっぱり分かる奴には分かるんだな！　……でもさ、見初って椿木家に目付けられてるんじゃなかったっけ。当主のパーティーなんかに出ちゃっていいの？」

「それはそうなんですけど……」

「それに持ち歌だって結局作ってないし！」

「あ！」

歌う曲がない。

「時町様、早くして欲しいのです。もうすぐパーティーが始まってしまうのです」

空気を読まない式神が、壁の時計を見ながら催促してくる。

「ま、待って。やっぱりちょっと考え直させて……」

「出発なのです」

「え？」

見初の言葉は聞き入れられなかった。涼暮は部屋の窓をガラッと開けると、素早い動きで見初と海帆を両脇に抱え込んだ。

「す、涼暮？　行きます、行きます、自分たちでちゃんと行くから。だから下ろして！　怖いから！」

「おいこら、何してんだ！」

じたばたともがくが、その細腕はびくともしない。そうこうしているうちに、人の話を聞かない式神は二人を抱えたまま窓から外へと抜け、青空に向かってふわふわと上昇していく。

「「ギャーーーッ!!」」

「お屋敷までは、飛んで行ったほうが速いのです」

出雲上空に到達したところで、涼暮が風切音を立てて一気に加速する。正面から鳥の群れが飛んできていたが、綺麗に旋回して別の方向へ飛んで行った。

「ヒィイ……ッ！」

落ちたら死ぬ。涼暮の腕にしがみつき、この地獄のフライトをひたすら耐えていた見初だったが、やがて見覚えのある建物が見えてきた。以前は碧羅の襲撃で半壊していたが、あの赤い瓦は間違いない。椿木本家のお屋敷だ。

「到着なのです」

涼暮が降り立ったのは、白い夏椿の花が咲く庭園のど真ん中だった。

「死ぬかと思った……」

見初は地面に両手をついて、大きな溜め息をついた。妖怪や神に連れられて空を飛ぶことは多々あるが、今回はちょっと生命の危機を感じるスピード感だった。

「み、海帆さん！　大丈夫ですか⁉」

見初はギターを抱きかかえて蹲っている海帆へ駆け寄り、丸くなっている背中を優しく擦った。と、復活した海帆が勢いよく顔を撥ね上げて、ギターのネックを握り締める。

「この野郎ーっ！　落ちたらどうすんだ！」

「お、落ち着いて海帆さんっ！」

ギターで涼暮に殴りかかろうとする海帆を、見初が後ろから押さえ込む。

「大丈夫なのです。涼暮は安全運転第一なのです」

「人を抱えたまま空を飛ぶのは、安全運転って言わないんだよ、バカタレっ！」

それは見初も同意見だった。力強く頷く。

「もしもし、そこの二人ちょっといいかな？」

背後から聞こえてきた声に、見初と海帆はぎくりと体を強張らせた。振り返ると、二人組の警備員が訝しそうな顔で近付いてくる。

「君たち、ここは立ち入り禁止だよ。何をしてるんだい？」

「あ、すみません。パーティーの会場を探してるうちに迷っちゃって……」

見初が愛想笑いで誤魔化そうとするが、どう見てもパーティーの装いではない二人に、警備員たちの目が鋭く光る。

「詳しい話は向こうで聞くから、ちょっと来てもらおうか」

そう言ってどこかへ連行されそうになり、海帆がすかさず抗議する。

「私たちは、あの青い奴に無理矢理……って、あいつどこ行った⁉」

涼暮は忽然と姿を消していた。唖然とする海帆の腕を掴み、警備員が強い口調で急かす。

「はいはい。いいからこっち来て！」

「その前に椿木雪匡を呼んでこい！　あいつの式神にここまで連れて来られたんだ！」

「雪匡様の式神がそんなことをするわけないだろう！」

「あわわ……」

大変なことになってしまった。目の前で繰り広げられる海帆と警備員の口論に、見初が狼狽えている時だった。

「彼女たちは僕が呼んだ客人だ。怪しい人間じゃない」

黒紋付の羽織袴に身を包んだ雪匡が、警備員たちを止めに入った。その後ろには涼暮の姿もある。

「こ、これは雪匡様、失礼しました」

警備員二人は直立不動の姿勢で頭を下げ、その場から去って行った。彼らの姿が見えなくなったのを見計らい、雪匡が周囲に注意を払いながら見初に尋ねる。

「君たちは何故ここにいるんだ？　ホテル櫻葉の人間がいると知れたら、面倒なことになるぞ」

「そんなもん、そいつに聞いてみろよ」

鼻先で式神を差しながら、棘のある口調で海帆が切り返す。言葉の意図が掴めず、雪匡は「え？」と涼暮へ視線を移した。

「涼暮がお二人をここまでお連れしたのです」

「お連れしたって……ホテルから？」

「お空をばびゅーんっとひとっ飛びだったのです」

「………」

その雑な説明で状況を理解した雪匡は絶句した。寝耳に水といった反応に、見初は気まずそうに頰を掻いた。

「あの……雪匡さんが私たちに演奏を依頼しようとしていたって聞いたんですけど」

「君たちに、あの酷い演奏を……？」

「お前失礼だぞ」

海帆は雪匡をジロリと睨み付けた。と、この事態を招いた張本人が口を開く。

「今日は紅耶様のお誕生日なのです。気持ちのこもったお歌が、主様からのお誕生日プレゼントなのです」

「小学生か！」

海帆が呆れ顔でツッコミを入れる。しかし当の雪匡は、神妙な面持ちで黙り込んでいた。

この反応はいったい。見初と海帆は「おや？」と顔を見合わせた。

「ゆ、雪匡さん？　もしかして本当にそのおつもりで……？」

「……実はそうなんだ」

「え？」

まさか肯定されるとは。半信半疑で尋ねた見初は、目をぱちくりさせた。

「知り合いのバンドをパーティーに招待していたんだよ。だが、昨日の朝キャンセルしたいと連絡があって、代理を探していたんだ。流石に見付からなくて諦めていたんだが……よかったら頼んでもいいだろうか？」

「この通り、お願いしますなのです」

雪匡が深く腰を折ると、涼暮も真似をしてぺこりとお辞儀をする。

こうして面と向かって頼まれたら断れるはずもなく。結局見初と海帆は、パーティーに参加することになってしまった。

雪匡に渡された変装用のサングラスを掛け、二人は椿木家の敷居を跨いだ。長く伸びた縁側には夕焼けの赤い光が降り注ぎ、庭からはヒグラシの寂しげな鳴き声が聞こえてくる。古い渡り廊下の手前で、先頭を歩いていた雪匡が足を止める。

「会場の大広間はこの先にある。ここからは靴を履いて行くんだ」

その指示に従って、脱いでいた靴を履き直す。そうして渡り廊下を進んでいくと、黒い観音開きの扉が見えてきた。その傍らに立って招待客を迎えていた使用人が、雪匡を見るなり慇懃に頭を下げる。

「そちらのお二方は、どちら様でございますか？」

「僕の友人だ」

雪匡に手で指し示され、見初と海帆は「初めまして」と挨拶をした。どちらも屋内でサングラスを着用し、片方はギターを抱えている。謎の二人組に使用人は一瞬怪訝(けげん)そうな顔を見せたが、「承知しました」と一礼して会場のドアを開いた。

巨大なシャンデリアが吊るされたパーティールームでは、正装に身を固めた招待客たちが歓談を楽しんでいた。テーブルには様々な料理が並び、既にアルコールが入っているのか、赤ら顔の酔っ払いがちらほら見受けられる。

そして本日の主役の周囲には、大勢の人だかりが出来ていた。招待客から祝辞を述べられ、笑顔で応じている。

「椿木紅耶……っ！」

これまでの出来事を思い浮かべ、見初はサングラス越しに紅耶を睨みつけた。が、彼の息子が傍にいることを思い出して、「す、すみません。つい……」とすぐに謝る。

雪匡はふっと表情を緩めて、

「別に謝ることじゃない。それと、少し外しても構わないかな？」

ちらりと、ある集団に視線を向ける。

「はい。どうぞ行ってきてください」

「ありがとう。その間、テーブルの料理を自由に食べているといい。涼暮、二人を頼んだぞ」

「頼まれたのです」

主に命じられ、涼暮はコクコクと頷いた。「すぐに戻るよ」と一言残して、雪匡が集団の下へ歩み寄っていく。

「海帆さん、ごちそう食べ放題ですよ！」

目の前の豪華な料理に、見初が表情を輝かせる。一方海帆は苦々しい表情で周囲を見回していた。

「あのさ、私たち明らかに悪目立ちしてんだけど……」

客たちの視線は、雪匡が連れてきた素性不明の客人に釘付けになっていた。遠巻きに眺めるばかりで、誰も話しかけようとしない。この身なりでは仕方がないことだ。普段着にサイズの合わないサングラス、そしてギター。路上ミュージシャンをそのままスカウトしてきたのかと、誰かが嘲笑うのが聞こえた。

「早く歌って、早く帰ったほうがいいですね……あ、このお肉柔らかくて美味しい」

「だよなぁ。ホテルのみんなも、私たちがいなくなって心配してるだろうし……おっ、この海老めっちゃプリプリしてる」

早く帰ろうと言いながらも、見初と海帆はすっかりビュッフェに夢中になっていた。雪匡がなかなか戻って来ないのをいいことに、新しい皿でおかわりまでする始末。

「時町様、召し上がっている場合ではないのです。早くお歌を歌って欲しいのです」

いつまでも歌わない二人に焦れた涼暮が、見初の皿を奪い取った。

「そ、そうだった。そろそろ歌わないと……！」

「でも、どのタイミングで始めればいいんだろ？　突然歌い出したら、完全に不審者扱いされて、会場からつまみ出されるかもよ」

「早く帰れるだろうけど、それはちょっと嫌です！」

しかし歌い始めるきっかけが一向に浮かばず、思案に暮れていると、突然会場内に、マイクのノイズ音が響き渡った。雪匡が壇上に上がり、スピーチを始めたのだ。

「皆様、本日はお集まりくださり、まことにありがとうございます。今年もこの日を迎えられたことを喜ばしく思います。本日はどうか楽しい時間をお過ごしください」

次期当主の挨拶に、盛大な拍手が湧き起こる。見初たちも複雑な心境で手を叩いていると、

「本日は余興として、知り合いのミュージシャンをお連れしました。こちらへどうぞ」

気を利かせた雪匡が、登壇するように二人を促す。だが、ここで見初たちは重大な問題を思い出した。

ミソアンドミホには持ち歌がない。呑気に料理に舌鼓を打っている場合ではなかった。

「海帆さん、どうしましょう……⁉」

見初が小声で耳打ちすると、海帆からは思わぬ言葉が返ってきた。

「何でもいいから適当に歌え！」

「適当に⁉」

まさかの無茶振り。

「そんで、見初の歌に合わせてギターを弾く。私のことは気にしないで自由に歌っちゃ

え！」

そんなこと言われましても。極度のプレッシャーの中、見初はステージに上がった。そして雪匡から「はい」とマイクを手渡される。

「み、皆様、初めましてっ。ミソアンドミホのミソと申します。こちらはミホ……」

涼暮が用意した椅子に腰掛け、海帆が軽く頭を下げる。ギターを抱えながら膝を組むその姿は、なかなか様になっている。

「で、では早速聴いてください。……『冬の恋人』」

それっぽいタイトルを言うと、会場から拍手が上がった。もう後戻りは出来ない。見初は冬緒のことを思い浮かべながら、静かに息を吸って歌い始めた。

「あなたはぁ～いま、どうしていますかぁ～。わたしを～おもっていますかぁ～。あぁ、ふゆのぉこいびと～～！」

ギュイーン、ギュイーン。海帆が合いの手を入れるようにギターを鳴らす。

「いつもぉ～わたしにおかずをくれるひと～……フゥウゥン～それはあいのあかしぃい、フゥ～ウゥン」

即興で歌詞を考えているが、どうしても思い付かない時はとりあえずハミングでやり過ごす。

「あいをもとめてぇ、わたしたちはたびだつのよぉ～、フゥ～ウ、あぁ、ふゆのぉこいびと～～！」

ギュイギュイーン。見初のビブラートとギターの音色が重なり、調和が生まれる。

（……何で演歌調なんだ？）

ステージの隅で歌を聴きながら、雪匡はそんな疑問を覚えていた。


そして約六分後。

「ふぅゆぅの～こいびとぉ～フゥ～ウゥゥ～～！」

最後の辺りはノリノリになりながら、見初は無事に歌い切った。

「どうもありがとうございましたっ！」

見初と海帆が最後にお辞儀をすると、会場からパチ……パチ……と控えめな拍手が起こった。皆一様に、「この六分間何を聴かされていたのだろう？」という表情で手を叩いている。

「……恋人への想いが感じられる曲だったと思う」

逃げるようにステージから下りた二人に、雪匡が当たり障りのない感想を送る。

「はい。そこを意識しながら、頑張って歌いました！」

「うん。見初は最後まで頑張った！」

海帆も曲については一切触れずに、見初を褒め称えた。しかし涼暮だけは、感極まって鼻を啜っていた。

「とっても……とっても、素晴らしいお歌だったのです。涼暮は涙が止まらないのです……」

「ほんとに？　冬緒さ……冬の恋人への愛、涼暮にも伝わった？」

「特に、鼻歌の辺りがものすごくよかったのです」

「そこ⁉」

まさかの評価ポイントに、見初は唖然とした。

「はいなのです。主様もいつも鼻歌を歌っていて……」

涼暮は途中まで言いかけ、雪匡へ顔を向けた。そして不思議そうに首を傾げると、

「……あなたはどちら様なのです？」

「…………」

その問いかけに、雪匡は言葉を失った。代わりに見初が優しく声をかける。

「この人は、あなたのご主人様だよ」

「ふぁっ。そうだったのです。失礼しましたのです……」

涼暮が申し訳なさそうに俯くと、雪匡は緩く首を横に振った。

「……謝らなくてもいい、気にするな」

「主様はお優しい方なのです」

「今度は忘れちゃダメだからね」

見初が子供に言い聞かせるように言うと、「気を付けるのです」という答えが返ってくる。信用出来ないな、と見初は内心思った。

「なあ、歌も終わったし、私たち、そろそろ帰ってもいい？　もう夜になっちゃったしさ」

海帆が指差した窓の向こうには、墨色の夜空が広がっている。

「……帰りの車なら手配しておく。もう少しゆっくりしていくといい」

雪匡はすぐに答えようとはせず、目を伏せて言った。その言葉に、見初が破顔する。

「ありがとうございます。じゃあ、もうちょっとお料理食べていこうかな」

「……時町さん、君に頼みたいことがある」

料理を取りに行こうとする見初を、雪匡は思い詰めた表情で呼び止めた。本当は巻き込みたくない。だがやはり、言い様のない不安が雪匡の中にあった。

「恐らく今夜この屋敷の近くで、ある妖怪の封印が解かれる」

「え……」

見初の顔から笑みが消えた。

「何だよ、それ」

隣にいた海帆が聞き咎める。

「父は自分たちでケリをつけるつもりだ。だがいざとなったら、君の力で……」

――うわぁぁ……！

雪匡の声を遮るように、外から悲鳴が聞こえてきた。他の客たちも会話を止め、その場が不気味な静けさに包まれる。

直後、凄まじい突風が会場に吹き込んで観音開きのドアを破壊した。大きくひしゃげた扉が、音を立てて床に叩き付けられる。

「な、何だ……？」

近くにいた客がそう呟くのを聞きながら、紅耶は拳を握り締めた。

（ついに、この時が来たか）

会場内にいる誰もが、ドアが破壊された正面入口を注視する。

何かが暗闇の向こうからやって来る。全員が息を潜める中、それは音もなく会場の中へと侵入してきた。

「……何だあれ？」

海帆が怪訝そうな声を上げた。

人々の前に姿を現したのは、２メートルはあるであろう巨大な黒い手だった。表面に浮かび上がった無数の赤い血管が脈打っている。

手のひらの中心を占める大きな目玉がぎょろぎょろと動き、呆然と立ち尽くす人々を見回している。

「あ、あれは、あの妖怪は……」

「……涼暮」

式神の異変に、雪匡が目を見開く。

「何をボーッとしているんだ。たかだか妖怪一匹ぐらい……」

一人の男が平静を取り繕いながら懐から人型の紙を取り出した。紙は仮面を被った式神に変化し、素早い動きで妖怪へと飛びかかっていく。

だが妖怪にあっさり掴み取られ、そのまま握り潰されてしまった。黒い手の隙間から、ビリビリに引き裂かれた紙が零れ落ちる。

その光景に客たちが息を呑む中、狩衣を着た椿木家の陰陽師たちが妖怪を取り囲んだ。

「皆様は直ちに避難してください！　あの妖怪は私たちが祓います！」

そう呼びかけながら、一斉に退魔の札を投げ付ける。しかし、その効果はまったくなかった。札は一枚残らず払い落とされ、巨大な手が陰陽師の一人を掴み上げて軽く放り投げた。

「こ、殺される……うわぁぁっ！」

瞬間、会場に悲鳴が飛び交った。パニックになった客たちが非常口を目指して駆け出す。

その中には、紅耶に助けを求める者たちもいた。

「紅耶様、お助けくださいっ！」

「我らでは、とても太刀打ちなど出来ません……！」

恐怖におののく彼らに、紅耶が「ご安心ください」と毅然とした口調で言う。

「奴は必ずや、椿木家が仕留めます。どうか私たちを信じて、お逃げください」

「は……はい！」

その言葉を信じて逃げていく彼らに向かって、紅耶は「臆病者め」と小声で罵った。そして悠然とした足取りで、奇妙な姿をした妖怪へ歩み寄っていく。

「四十年ぶりかな。ようやく君に会えたよ、若葉（わかば）」

その呟きは、喧噪に掻き消されていった。

「あ、あぁ……巨大な手、巨大な目……」

「涼暮、涼暮。しっかりしろ」

雪匡がぶつぶつと呟き続ける式神の肩を揺さぶるが、反応がない。その傍らでは、見初が自分の手をじっと見下ろしていた。そして何かを決意したように顔を上げ、走り出そうとする。

「見初！　あんな妖怪、椿木家の連中に任せて私たちも早く逃げるよ」

海帆が険しい表情で、見初の腕を掴んで引き留める。

「で、でも……！」

その時、ドスンッと何かを叩き付けるような音がした。見初たちがはっと振り返ると、数人の男がぐったりと床の上に横たわっている。恐らく乱暴に叩き付けられたのだろう。

だが倒れた部下たちには目もくれず、紅耶は険しい表情で妖怪と対峙していた。

「雪匡が言ってた妖怪って、あいつのことだよね？　自分たちで封印を解いたんだから、見初が手を貸すことはないんだよ！」

海帆は語気を強めて言い切り、雪匡にも詰め寄った。

「あんたも、親父さんの尻拭いを見初にさせようとするなよ！　うちのスタッフを巻き込むな！」

見初がどうして椿木家に目をつけられているのか、詳しい事情を知らない。けれど、いざ自分たちが危機に陥ったら助けて欲しいだなんて、あまりに都合がよすぎる話だ。海帆は怒りで声を荒らげた。

その言葉に、雪匡は視線を彷徨（さまよ）わせながら俯く。

「雪匡さん……私たちも逃げましょう」

見初が穏やかな声で促す。

「……分かった。涼暮、行くぞ」

雪匡が声をかけるが、涼暮は相変わらず茫然自失として、微睡んでいるようでもあった。

「あの匂い、あの気配……そうなのです。そうだったのです。涼暮は、『私』は……」

ぼんやりと霞がかっていた声に、ゆっくりと意思が宿り始める。

「ああ……思い出しました。私のことも、あの妖怪のことも」

そう言いながら、涼暮は静かに妖怪を見据えた。

「あの方は……私の本当の主でございます」

「え？」

見初は耳を疑った。

「お前のご主人様って、妖怪だったの？」

「いいえ。そうではありません」

海帆の問いかけに、涼暮は首を横に振って否定した。そして、ふらふらと妖怪へ近付いていこうとする。

「私の主様は、若いながらも優れた陰陽師でした。とてもお優しくて……愚かで……」

「涼暮……」

その呼びかけに、涼暮はピタリと動きを止めた。振り返れば、苦しそうな顔で自分を見据える雪匡の姿があった。

「雪匡様、あなた様は初めからご存じだったのではありませんか？　私の主様が引き起こ

「……知ってたよ。君が残したものを読んでいたから」

「やはりそうでしたか。すべてを知った上で、あなたは……」

「……涼暮はあの妖怪と何か関係があるんですか？」

二人のやり取りを見守っていた見初が、静かな声で問いかける。雪匡は見初と海帆を交互に見て、再び涼暮に視線を戻した。涼暮が小さく頷く。

「今から四十年前、一人の陰陽師がいたんだ。椿木家の遠縁に当たるその女性は才能に優れ、一目置かれる存在だった。そして君たちのように、妖怪に対して友好的な変わり者だったらしい。そしてそれが、仇となった」

「信頼していた妖怪にその身を乗っ取られ、椿木家の人々を傷付けてしまったのです」

涼暮が雪匡の言葉を継いだ。

「どうにか一時的に自我を取り戻した主様は、自害することで自らの魂ごと妖怪を封印されました。その妖怪はあまりにも強く、たとえ椿木家であっても祓うことは出来ないだろうと判断なさったのです。そして式神である私もまた、主様と同様に深い眠りに就いておりました。ですが、いったいどなたが封印を解こうと……」

涼暮の声を遮るように、悲鳴が会場に響き渡る。

「父上⁉」

部下たちとともに、床に膝をつく紅耶に雪匡が叫んだ。彼らへ駆け寄ろうとして、「お前が行ってどうすんだ！」と海帆に後ろから羽交い締めにされている。

一方涼暮は「……やはりあの方でしたか」と哀れむように呟くだけだった。

「その人の魂は……今もあの妖怪の中にいるの？」

見初が問うと、涼暮は首肯した。

「恐らくは。主様はあの妖怪に魂を取り込まれた際に、すっかり自我を失われてしまいましたが、私に遅れて目覚められたのが何よりの証拠。私は主様の血と魂を多く分け与えられ、生まれた式神なのです。……ですが、長い年月の中で完全に妖怪と同化してしまわれた……やはりあれは主様であって、主様ではございません……」

顔を隠す布の下から、ぽろぽろと涙が零れ落ちる。変わり果てた姿となった主を見詰めながら、涼暮はその場に座り込んだ。

「決して忘れられない、忘れてはならない記憶だったのに……っ、私はまたしても、主様をお止め出来なくなるところでした」

震える涼暮の背中を見初がそっと擦る。その光景を、妖怪の目玉がじぃっと見詰めていた。そして見初たちを次の標的に定め、床に手を這わせながら少しずつ迫ってくる。

「こ、こっちに来る！　涼暮、早く逃げなきゃ！」

「私は逃げません。式神として最後の務めを果たさなければ」

布の下に入れた指で涙を拭い、涼暮がすっくと立ち上がる。

「無理だよ！　椿木家の人たちだって敵わないのに、どうやって……」

「私にしか出来ないことがございます」

戸惑う見初にそう答え、涼暮は雪匡の目の前へ降り立った。

「……もう一度奴を封印するつもりなのか？」

「いいえ」

涼暮は首を横に振った。

「それでは、いつかまた同じことが繰り返されてしまいます。そうならないように、完全に消さなくてはなりません」

「何か方法があるの？」

雪匡を押さえ付けていた海帆が訊く。涼暮はじっと、雪匡の顔を見詰めているようだった。

「あの手紙は、あなた様が処分されたのですね？　私の目に触れさせないために、私がすべてを思い出すことのないように……」

「ダメだ！」

目の前の式神に向かって、雪匡が叫んだ。

「君が消える必要はない。他にも、他にも何か方法があるはずだ！」

いつになく早口で捲し立てると、見初も同調するように頷いた。

「そうだよ！　もしかしたら私なら、あの妖怪を鎮められるかも……」

「時町様、これは椿木家の問題でございます。海帆様の仰るように、自分たちの手で後始末をつけなくてはなりません」

涼暮の覚悟が揺らぐことはなかった。雪匡へ向き直り、ペコリとお辞儀をする。

「主様。こんな式神をお傍に置いてくださり、ありがとうございましたなのです」

記憶を取り戻す前の拙い口調だった。

「僕は……君の主じゃない」

「そんなことはないのです。短い間だったけれど、涼暮はとても幸せだったのです」

「……そうか」

「それでは、さようならなのです」

そう別れを告げ、涼暮は雪匡を横切って、妖怪へと向かっていった。

「主様、涼暮でございます。私をお忘れでございますか？」

最早その声が届くことはないと分かっていながらも、呼びかけずにはいられなかった。

だがやはり、主が応えることはなく、無情にも巨大な手が振り上げられる。手のひらの目玉が涼暮を見下ろし、嘲笑うように細まった。

「主様を返していただきます」

　直後、涼暮の体は呆気なく叩き潰された。顔を隠していた布が宙を舞い、空気の中に溶け込むように消えてしまった。

　だが妖怪にも、すぐに異変が現れた。五本の指をぐねぐねと動かしたかと思えば、もがき苦しむように自分の体を床に打ち付け始めたのである。そして突然ピタッと動きを止めると、指先から白い砂になって消滅した。

「…………」

　雪匡は最後に涼暮がいた場所に屈み込み、そこに積もっていた砂を払いのけた。すると、赤茶色に変色した一枚の人型の紙が姿を見せる。

　それを拾い上げ、雪匡はある方向を振り向いた。部下に支えられながら立ち上がった紅耶と目が合ったが、すぐに逸らした。

「少しだけ、一人にさせてくれ」

　見初に掠（かす）れた声で断り、足早に会場から去っていく。紅耶は憮然とした表情で息子の姿を見送った後、項垂れてぽつりと呟いた。

「……若葉」

　と、非常口から避難していた客たちが、恐る恐るといった様子で会場に戻ってくる。

「あの妖怪は祓われたのか？」

「紅耶様、アレはいったい何だったのですか……？」

名家である椿木家が、正体不明の妖怪に襲撃された。しかも、よりによって当主の誕生日に……

不安の色を隠せない客たちに向けて、紅耶が厳粛な面持ちで声を張り上げる。

「先ほど現れた妖怪については、まだ詳しいことは何も分かっておりません」

「そ、そうなのですか⁉」

不安を煽るような発表に、会場がどよめく。

「ですが、息子の雪臣とその式神によって無事祓われました。もう何の心配もありません」

「おお……雪臣様が……！」

一転、次々と賞賛の声が上がり、拍手の音も混ざり始める。

少し離れた場所に立っていた見初は、その光景を苦い表情で眺めていた。

◆　◆　◆

数日後、見初は再び椿木邸を訪れていた。差出人不明の封筒が届き、中を開けてみると紅耶直筆の手紙が入っていたのである。見初と話がしたいという旨の文面だった。

「何かありましたら、すぐに屋敷を出るか、私にご連絡ください」

「はい。柳村さん、ありがとうございます」

「お気にならないでください。では私は、屋敷の外でお待ちしております」

柳村は屋敷に向かって歩き出す見初へ、敷地外に停めた車の中から小さく手を振った。

紅耶の自室に通された見初は、用意されていた座布団に腰を下ろした。向かい側では、神妙な顔付きの紅耶が背筋をピンと伸ばして正座をしている。

「時町さん。君はあの日、会場に居合わせていたね？」

「……はい」

開口一番に質問されて、見初は正直に答えた。紅耶は頷くと、続けざまに問いかけた。

「では話が早い。あの妖怪を見て何を感じたかね？」

「怖かったです。もし涼暮がいなかったらって思うと……」

見初は最後まで言い切らず、膝の上に置いていた両手を無意識に握り合わせた。

「そうだね。あの式神のおかげで、被害を最小限に留めることが出来た。だが、あの妖怪に肉体と魂を奪われ、多くの同胞を傷付けてしまった者が還って来ることはない。奪われたまま、消えてしまった。私はね、思い知ったのだよ。その者を救うことなど到底叶わぬことだったのだと。そして、いつまた同じようなことが起こるかも分からない」

「……だから、妖怪は滅ぼすべきだと仰りたいんですか？」

「人々を守るためだよ」

紅耶は穏やかな口調で切り返した。見初が即座に反論する。

「すべての妖怪が人間を傷付けるわけじゃありません。人間と仲良くしたいと思う妖怪たちだって……」

「初めはそうかもしれない。だが、いつ考えを変えるか分からないよ。何せ人間は、あやつらにとって取るに足らない存在なのだろうからね。可能性の芽は今のうちに摘んでおく。それが椿木家の考えだよ。当然、ホテル櫻葉の存在も許すわけにはいかない」

紅耶は語気を強めて断言すると、一呼吸置いてから言葉を継いだ。

「そのためにも力を貸して欲しい。君は、あんな場所にいるべきじゃない」

その言葉に、見初は拳を強く握り締めた。


その後、椿木邸を後にした見初は、柳村の待つ車の助手席に乗り込んだ。

「それで、時町さんは何と返事をしたのですか？」

紅耶とのやり取りを聞いた柳村が、ハンドルを切りながら尋ねた。曲がりくねった山道を緩やかに下りていく。

「『そんなの嫌です』とだけ言って、帰ってきちゃいました」

「それは……時町さんらしいですね」

「あはは……」

褒められてるんだよね？　見初は曖昧に笑って、柳村の言葉を流した。

「柳村さん」

「何でしょうか？」

「私はホテル櫻葉が大好きなんです」

だから『あんな場所』呼ばわりされたのが許せなかった。

「はい。もちろん私もですよ」

柳村が一瞬見初へ顔を向けて、嬉しそうに微笑む。見初もつられるように笑った。

「あ、あそこにトンボがいますよ」

ガードレールのポールに止まっているトンボを見付け、見初が声を上げる。

「赤トンボですかね？」

「そろそろ夏も終わりの時季ですからね」

穏やかな雰囲気の中、柳村はしみじみとした口調で言った。

エピローグ

――拝啓。この手紙を読んでくださる方へ。

雪匡がその手紙を発見したのは偶然だった。使わなくなった私物を蔵に運び込んでいる最中、片隅で小さな物音が聞こえた。音がした場所を確認してみると、古びた壺が床に転がっていた。その中には手紙と、血が染み込んだ形代(かたしろ)(人型の紙)が入っていた。

――私の名は涼暮。水瀬(みなせ)若葉の式神でございます。

若葉という名前には、心当たりがあった。椿木家の遠縁にあたり、紅耶の婚約者だった女性だ。婚姻前に病で亡くなったと聞いていたが、その手紙にはミミズが這ったような文字で真相が綴られていた。

――主様の魂が封印された影響でしょうか。主様に血を分け与えられた私も、次第に眠くなってまいりました。もうじき眠りに就こうとしているのでしょう。その前にこうして手紙をしたためております。お願いしたいことがございます。紅耶様が主様の魂をお救いになるために、封印を解こうとなさるのを止めていただきたいのです。既に主様の魂は、妖怪に飲み込まれ、二度と蘇ることはないでしょう。妖怪を目覚めさせることに、何の意味もございません。されど紅耶様は、意味のないことを承知で、封印を解くことでしょう。そんな気がしてなりません。

涼暮の予想は的中していた。紅耶は毎年自分の誕生日になると、ごく一部の人間を屋敷の近くにある祠に集め、何かの封印を解こうとしている。

そこに封じ込められている妖怪について、知る者は誰もいない。次期当主の婚約者が妖怪にたばかられた結果、引き起こされた悲劇だ。事件そのものが闇に葬られたのだろう。

「父上……」

雪匡は苦い表情で、手紙を折り畳んだ。

涼暮が眠りに就いた後、手紙はすぐに発見されただろう。もしかしたら、紅耶が蔵にしまい込んだのかもしれない。自分なら水瀬若葉を救えるはずだという驕りもあるのかもしれない。

涼暮は式神として優秀な個体だったと言われている。誰かの手に渡れば、悪用される可能性もある。雪匡は形代と手紙を自室へ持ち帰った。

◆　◆　◆

涼暮が目覚めたのは、その一年後のことだった。

「ふわぁぁ。おはようございますなのです」

朝、雪匡が目覚めると、枕元に見知らぬ式神が浮かんでいたのだ。眠気など一瞬で吹き飛んだ雪匡に、それは不思議そうに首を傾げた。

「主様？　どうして涼暮を見てびっくりなさっているのです？」

形代は手紙とともに木箱に保管していたのだが、勝手に開けて出てきたのだろう。だが自分の名前以外の記憶をすべて失っており、雪匡を主だと思い込んでいた。

雪匡は暫し呆けていたが、我に返ると慌ただしく手紙を木箱から取り出して読み直した。

「…………」

「主様？」

「……いや、何でもない。おはよう、涼暮」

「はいなのです」

雪匡は人知れず手紙を燃やして処分した。

「雪匡。その式神はどうしたのかね？」

息子の後ろをついて回る涼暮を見て、紅耶は平静を装いながらも驚いている様子だった。

「初めましてなのです。涼暮なのです」

「朝起きたら僕の部屋にいました。記憶の大半を失っていて、覚えているのは自分の名前だけだそうです」

嘘は言っていない。

「主様、このお方はどちら様なのです？」

「椿木紅耶。僕の父で、この家の当主であられる人だ」

「ご立派なお父様なのです。あれ？　ご当主とお呼びすればよいのです？」

「……名前で呼んでくれて構わないよ」

この時、父はどのような心境だったのだろう。

「ふんふん、ふんふーんふーんっ」

「君はよく鼻歌を歌っているな」

「何を仰っているのです？　主様が聴かせてくださったお歌なのです」

「あ、ああ……そうだったな」

涼暮は過去と現在の記憶が混在しているようだった。だから雪臣も、それに合わせることにした。思い出させてはならないと思ったのだ。

「そういえば、もうすぐ紅耶様のお誕生日なのです。皆様がお話ししているのを聞いたのです」

「ああ」

「楽しみなのです」

祠の封印が解けないことを祈るしかなかった。

かつて涼暮が書き残した手紙の最後には、次のように綴られていた。

――主様と私の魂は、主様が主様でなくなった今でも繋がっていると信じております。もし私が再び目覚めることがあるとしたら、恐らく封印が解かれる日が近付いているのでしょう。言い換えるなら、それが現実となれば、やはり私と主様は一心同体であり、私が消滅すれば、主様の魂を取り込んだ妖怪も消滅する可能性があるということ。自ら消える覚悟は出来ております。ですがもし私が目覚めた際に、記憶を失っていたら……その時はどうか、どうか私を消し去ってください。

番外編　パラダイスの湯

「それでは、皆さんのご健闘を祈っております」

柳村（やなむら）はホテル櫻葉（さくらば）の従業員の面々を見渡しながら、ニッコリと微笑んだ。その右手には『パラダイスの湯』と書かれたチケットがあり、従業員たちの目を釘付けにしていた。


事の始まりは数時間前。ホテルの近所に住む老婦人、タエコが来館した時のことだった。

「知り合いからいただいたんだけどねぇ。私って、こういうところ苦手なのよ。お風呂はやっぱり、お家でじっくり浸かりたいというか。もしよろしければ、あなたたちで使ってくださらない？」

タエコが永遠子（とわこ）に差し出したのは、一枚の封筒だった。その中身は、温泉テーマパーク『パラダイスの湯』の優待券。

先日他県でオープンしたばかりのそこは、薬湯温泉や炭酸温泉など20種類の温泉に加え、プールやウォータースライダー、カラオケやレストランも完備されており、今注目の最新アミューズメント施設だ。

思わぬいただき物に、ホテル櫻葉はざわついた。様々な設備を取り揃えているだけあってパラダイスの湯の入場料は、そこそこの金額なのだ。しかも他県ゆえ交通費もかかるため、気軽に行けるような場所ではなかった。

ただし、この優待券があれば何と入場料は無料。施設内のレストランや送迎バスも無料。お土産コーナーは流石にタダではないが、それでも優待券さえあれば、破格の値段で購入が出来てしまうのだ。

タエコが帰った後、見初は諸手を挙げて喜んだ。

「やったーっ！　タエコさんありがとうっ！」

「でも、これ三人分しかないぞ」

「えっ」

封筒の中身を確認した冬緒が、見初に冷や水を浴びせた。

いったい誰が優待券を使うか。寮のホールに従業員が招集され、緊急会議が開かれた。

「パラダイスの湯に行きたい人、手を挙げてください」

永遠子が促すと、ほぼ全員が高らかに挙手した。もちろん、永遠子自身も。

「柳村さんはいいんですか？」

ただ一人手を挙げなかった柳村に、天樹が尋ねる。

「はい。昔温泉でのぼせて、転倒してしまったことがありまして。それ以来、温泉が苦手なのです」

真っ先に柳村が辞退したところで、早速話し合いが始まった。当然すんなり決まるはずもなく、ただ時間だけが流れていく。

ホール内にグダグダな空気が流れ始めた頃、高みの見物でいた柳村がおもむろに口を開いた。

「ジャンケンで決めるというのは、如何でしょう？」

「確かにそれなら誰が行くことになったとしても、後腐れないな……」

冬緒の呟きに、他の従業員たちも同調した。

そして冒頭に戻る。

「オイラたち、パーしか出せないよ⁉」

「風来(ふうらい)くんと雷訪(らいほう)くんは、こちらをお使いください」

獣の手という圧倒的ハンデを持つ二匹には、柳村がグー・チョキ・パーのイラストが描かれた札を渡した。話し合いの間、こっそり作成していたらしい。

「冬緒さん……パラダイスの湯、行かせてもらいますよ」

「見初……いくらお前でも、ここは譲れないぞ」

初戦の対戦カードは見初と冬緒だった。両者の間に、パチパチと火花が散る。

「ジャン……」

「ケン……」

互いにゆっくりと拳を振り上げ、

「「ポンッ‼」」

と、力強く振り下ろす。見初はチョキ、冬緒はパーだった。

「ビクトリー……！」

「参りました……」

初戦を難なく突破した見初は、この後も順調に勝ち進み、見事優待券を獲得した。

「やった～！　温泉温泉！」

「楽しみですな～！」

そして風来と雷訪も勝利を収め、残る二枚は彼らが手に入れたのだった。

◆　◆　◆

その三日後。見初は早速有休を使って、パラダイスの湯へ行くことになった。

「ぷうっ、ぷうっ」

見初のバッグの中で、白玉（しらたま）がご機嫌な様子で鳴いている。兎は水が苦手なので温泉やプールに入るつもりはないものの、見初と旅行に行ける！　とはしゃいでいるのだ。

「今日はいっぱい楽しもうね」

「ぷう～！」

相棒と頷き合い、見初は軽やかな足取りで寮を出た。が、風来と雷訪の姿が見当たらない。

「もしかして二匹とも、今日がパラダイスの日だって忘れてるんじゃ……」

「見初姐さ～ん」

「お待たせしましたぞ～」

やけにしわがれた声が見初を呼んだ。おや？　と背後を振り向くと腰の曲がった老人二名が杖をつきながら、寮から出てくるところだった。体がプルプルしている。

「え……？　風来と雷訪？」

「温泉と言えば、おじいちゃんだと思って～」

「ですが、思うように体が動きませんぞ～」

「もう少し若返ったほうがいいと思うよ」

「は～い」

二匹の肉体年齢を60代に修正させ、見初は送迎バスの停留所を目指して歩き始めた。夕エコによるとバス停などの目印はなく、橋の手前で待つようにとのことだった。

「あっ、鈴娘だ。おーい！」

その道中で、顔馴染みの妖怪たちが手を振りながら、見初たちへ歩み寄ってきた。

「皆さん、おはようございます！」

「何か楽しそうだな。遊びにでも行くのか？」

「はい！　みんなで温泉に行くんです」

「いいなー。後ろにいるのって、鈴娘のおじいちゃん？」

「オイラたちだよ」

「ふ、風来⁉　ということは、こっちは雷訪⁉」

老人の正体に、妖怪たちが驚きの声を上げる。

「どうしてジジイなんかに化けてんだよ。最近はＪＫばっかだったろ？」

「私たちはオスですからな。女子高生の姿で女湯に入るのはマズいですぞ」

「見初姐さんと入ったって冬緒に知られたら、血祭りに上げられちゃう」

「お前ら、そういうとこしっかりしてるよなぁ」

妖怪たちと談笑しているうちに、タエコが言っていた橋が見えてきた。

しかし……

「見初姐さん、みんなあの辺に並んでるよ」

バス待ちかと思われる人々は橋の手前ではなく、その数メートル先に列をなしていた。

「タエコ様に間違った場所を教えられたのかもしれませんな」

「うーん……タエコさんってしっかりしてる人だから、そんなことないと思うけど……」

と、後ろから走ってきた一台のバスが見初たちを通りすぎ、行列の前で停車した。空気が抜けるような音を立てて乗車口が開き、人々が乗り込んでいく。

「バスが来てしまいましたぞ！」

「見初姐さん、どうしよ⁉」

「と、とにかく私たちも乗ろう！」

迷っている暇はない。見初たちは慌ただしく走り出し、列の最後尾に加わった。ちょうど前後で空いている座席があったので、そこに腰を下ろしてほっと一息つく。

「15……16……予定より三人多い気がするな。まあ、いいか……」

発車前に人数確認をした運転手がぼそりと呟いたが、見初たちの耳に届くことはなかった。それから程なくして、バスが緩やかに発進する。

「温泉かぁ。僕たちも浸かりに行くか」

「玉造温泉とか？」

「あそこ、温泉河童たちの縄張りだぞ。勝手に入ったら、尻子玉引っこ抜かれる」

「胡瓜持っていくか……」

走り出すバスを見送りながら、妖怪たちが計画を練っていると、

「……ねえ。あのバス、後ろに『佐藤バス』って書いてない？」

一人の妖怪が、バスの背面に書かれた真っ赤な文字を指差す。

「佐藤バ……えぇっ⁉」

「鈴娘さんたち、乗っちゃったよ⁉」

「早く追いかけねぇと！」

妖怪たちは猛然と走り出し、どうにかバスに追いついた。

「みんなーっ！　早くそのバスから降りて！」

必死の形相でバスに向かって手招きをする。すると、見初が窓の外へ視線を向けた。

「あっ、気付いた！　鈴むす……」

妖怪たちが見送りに来たと勘違いしているのか、にこやかに手を振り始めた。傍にいた白玉と後ろの席の二匹も、それに加わる。

「バカヤロー‼」

「ダメだ、こっちの声全然聞こえていない！」

懸命な呼びかけも虚しく、見初たちを乗せたバスは速度を上げて颯爽と走り去っていった。

「今、どの辺走ってるんだろ……？」

窓の外を眺めながら、風来がぽつりと呟く。いつしかバスの周囲には濃霧が立ち込め、景色が見えなくなっていた。

「すごい霧だね……」

見初が後ろを振り返り、二匹へ話しかける。

「いいえ、見初様。これは霧ではなく、湯気だと思いますぞ」

「そ、そっか」

雰囲気出すぎじゃない？　と見初は訝しんだが、とりあえず納得することにした。

「……それにしても、静かですな」

静寂に包まれた車内をまじまじと見回し、雷訪が言った。何故か乗客の高齢者率が高く、一様に青ざめた顔で俯いている。

それに空調が効きすぎているのか、妙に寒い。見初はぶるるっと体を震わせ、風向きを変えようと空調の吹き出し口へ手を伸ばした。

「え？」

だが、そこからは冷風など吹いていなかった。だとしたら、この冷気はいったい……

信号に捕まることなく延々と走り続けていたバスは、一軒の古びた木造家屋の前で停まった。温泉施設というより、昔ながらの民宿といった風情を醸し出している。

「ここが……パラダイスの湯？」

「ぷぅ……？」

「思ったよりショボいね……」

「とりあえず入ってみますかな……」

バスから降りた見初たちは、怪訝な顔で玄関と思しき引き戸を開けた。

「おっ、佐藤組が来たぞ」

「お茶と煎餅用意してあげるか」

「歯が悪いじいさんばあさんもいるだろうから、団子にしておけ」

「喉に詰まらせちゃうだろ」

廊下の向こうから話し声が聞こえてくる。

「到着早々お茶とお菓子がいただけるとは、サービスが良いですな」

雷訪が感心したように呟いたと同時に、施設の職員たちが玄関にやって来た。

全員、頭から二本の角を生やした大男だった。

「お、鬼っ⁉」

見初たちはぎょっと目を見開いた。

「い、生きてる人間っ⁉」

鬼たちも見初を見て愕然としている。

「そっちのじいさん二人からは、妖怪の気配がする……」

「ぷぅ」

「可愛い仔兎もいる……な、何故こんなところに⁉」

「わ、私たち、パラダイスの湯に来たんですけど……」

見初が困惑しながら優待券を取り出すと、鬼たちは大きくかぶりを振って叫んだ。

「パラダイスの湯とな⁉　ここはあの世の入口で、死者たちが十王の裁判を待つ場所であるぞ！」

見初たちが乗ってきたバスは、名字が佐藤の霊を集めて乗せる『佐藤バス』だったのだという。他にも高橋バスや田中バスなどがあるそうだ。

「運転手にはその日死ん……失礼、言い方が悪かったな。その日乗り込む人数を教えてあるので、生者が間違って乗っていたら気付くはずなのだが……」

「そ、そんな……」

驚愕の事実に、見初は絶句した。

「あやつ、前にも生きてるばあさんを乗せてきたからな。今回だって人数が合わなくても、『まあ、いいか』で済ませたのかもしれん」

鬼たちが険しい表情で溜め息をつく。

「オイラたち、死んじゃったってこと？」

「もう現世には戻れないのですか……？」

身を寄せ合ってポロポロと大粒の涙を流す二匹に、鬼は「ちゃんと現世に帰してやるから、心配するな！」と声をかける。

よかった、帰れる。見初たちがほっとしたのも束の間、

「ただ、ちょうどすべてのバスが巡回に出てしまっていてな……」

何だって？　表情を失った一同に、鬼は気まずそうに言葉を継いだ。

「こちらに戻ってくるのが二日後なのだ」

こうして見初たちは、現世と常世の狭間にある民宿『ひらさか園』に滞在することになってしまった。

◆◆◆

「あらやだ。まさか死んでからも、お茶が飲めると思ってなかったわ」

「このまんじゅう美味いな。向こうに残してきたカミさんにも、食わしてやりたいよ」

老人たちの賑やかな笑い声が、民宿の広間に響き渡る。バスに乗っていた時は悄然としていた彼らも、鬼たちが用意した温かいお茶とおやつで元気を取り戻していた。

「マロングラッセもあるぞ。俺の手作りだ」

「マロングラタン？　おらぁ、猫舌だから熱いのは苦手なんだよ」

「熱くないから大丈夫」

ローテーブルに置かれた平皿には、艶々と光る栗の砂糖漬けが盛られていた。

「美味しそう……」

仄かな甘い香りに引き寄せられ、見初がマロングラッセへ手を伸ばそうとする。それに気付いた鬼が慌てて皿を遠ざけた。

「生者があの世の食べ物を口にしたら現世に戻れなくなると、先ほど説明しただろう！　それにこちらの世界では、空腹感や喉の渇きを感じないはずだ。生者に食事の必要はない」

「で、でも、みんなが美味しそうに食べているのを見てたら……一口でもダメですか⁉」

「一口でもダメッ！　これでも積み上げて遊んでなさい！」

ドンッ！　見初の目の前に、大きな段ボール箱が置かれた。中を覗き込むと、様々な形状の石がぎっしりと詰め込まれていた。箱の側面には『賽の河原体験キット』と書かれている。

「うぅ……うぅぅ……っ」

「ぷぅ……」

食事という楽しみを奪われ、啜り泣きながら石を積み始める見初に、白玉が気の毒そうな眼差しを向ける。

一方風来と雷訪は鬼たちと雑談をしていた。

「そういえば十王って誰？　強いの？」

風来が素朴な疑問を口にする。

「死者の生前の行いを審判する裁判官だ。リーダーは閻魔大王様。その判決によって、次に生まれ変わる世界が決まるのだ」

「判決までには結構時間がかかるからな。それまでの間、我々が死者の面倒を見ているのだ」

「ほほぉ。しかしあの世というのは、もっと恐ろしい場所だと思っていましたぞ」

自らの今際の際について語り合う老人たちを一瞥して、雷訪が意外そうな口調で言う。

「今はあの世であっても、人権を尊重する時代なんだよ」

「地獄に落とされた奴には、容赦なく罰を与えているけどな。例えばノコギリで全身を……」

「聞きたくなーいっ！」

血生臭い話を始めようとする鬼に、風来と雷訪が自分の耳を塞ぐ。

その頃、石積みにハマった見初は、十段目に差しかかっていた。

「はぁっ、はぁっ。何とかここまで来た……！」

「ぷぅっ」

白玉が段ボール箱の中から平たくて積みやすい石を厳選して、見初へ差し出す。

「ありがとう、しらた……」

見初が石を受け取ろうとした瞬間、部屋の襖が勢いよく開かれた。その振動で積み上げていた石が崩れ落ちてしまう。「ああ……」と見初ががっくりと項垂(うなだ)れる。

突如入室してきたのは、傷だらけの甲冑(かっちゅう)を身に纏った強面(こわもて)の武者だった。大股で室内を歩き、十枚ほど積み重ねられた座布団にどかりと腰を下ろす。

「む……？　何故このようなところに獣がおるのだ？」

風来や雷訪に気付き、武者が訝しげに首を傾げる。

「おっちゃん、誰？」

「某(それがし)は百人斬りの米蔵(よねぞう)。とある合戦において自軍を勝利に導いた男よ。現在は十王の裁きで、潔く地獄に落ちることを望む身だ」

風来の問いに、武者は口角を吊り上げて名乗った。

「な、何か怖い人が来たんだけど」

白玉を抱えた見初が、二匹や鬼たちの下へと避難する。

「あのお方、合戦がどうとか仰っておられましたが……」

「ああ。米さんは裁判が長引きすぎて、四百年以上ここに留まっているんだ」

雷訪の疑問に、鬼がさらりと答える。

「それだけ余罪が多いってことですか……？」

見初が声を潜めて尋ねる。

「いや。口ではああ言っているが、実際にはいの一番に合戦から逃げ出して誰も殺しとらん。むしろその後、流れ着いた村で善行を重ねていたから、十王もさっさと天国行きの判決を出している」

「じゃあ、どうして四百年もかかってるんですか？」

「本人は地獄行きを望んでいるから、控訴しまくってるんだ」

そう言いながら、鬼が米蔵へ目を向ける。米蔵は老人たちに囲まれて狼狽えていた。

「すげぇや、本物のお侍さんだ」

「い、如何にも」

「あんた、どこの家に仕えてた人だい？　織田？　武田？」

「某は、その……」

「マロングラッセ食うか？」

誰も米蔵を怖がろうとしない。むしろ初めて目にする鎧武者に興味津々で、無理矢理甲冑を剥ぎ取ろうとする者もいる。

「お、鬼ども！　某を助け……何をしておるのだ⁉」

「すまない、米さん。今手が離せないから、後にしてくれ」

助けを求める米蔵だったが、鬼たちは見初に触発されて石積みに没頭していた。

◆　◆　◆

場面は変わって現世。見初たちを乗せた佐藤バスが走り去った後、妖怪たちは呆然としていた。

「鈴娘さんたち、あの世に行っちゃったね……」

「とりあえずホテル櫻葉に知らせに……おっ？」

遠くから聞こえてくるエンジン音に背後を振り返ると、一台のバスが橋の中心に停車した。そしてそこから、見初と獣たちが元気よく降りてきた。白玉も見初のバッグから、ぴょこんと顔を覗かせている。

「鈴娘さーんっ！」

「ふうらーい！　らいほーっ！」

妖怪たちが安堵の表情で駆け寄っていく。

「みんなー！」

「ただいまですぞーっ！」

風来と雷訪も目を潤ませながら、彼らへと走り寄る。

「み、みんな、二日間もここで私たちを待っていてくれたんですか？」

「へ？　あのバスが行ってから、まだ五分くらいしか経ってないと思うけど……」

「五分⁉　あ、ほんとだ……」

見初はスマホで日にちと時刻を確認した。どうやら、この世とあの世では時間の流れが異なるらしい。

「鈴娘さんってあの世に行ってきたんでしょ？　どんなところだった？」

「みんなで力を合わせて、石を二百段積んできました」

「ふーん」

あまり興味がなさそうな相槌が飛んできた。

「あっ。見初姐さん、あのバス！」

橋の手前で停まったバスに、風来が弾んだ声を上げた。バスの前面に『パラダイスの湯』と表記されている。

「じゃあ……今度こそ行ってきます！」

見初と、老人に変身した二匹を乗せたバスが走り出す。それを見送る妖怪たち。

「行ってらっしゃーいっ！」

「あ……お土産お願いするの、忘れちゃった」

「まあ、まんじゅうぐらいは買ってきてくれて……」

50メートルほど進んだところで、突然バスが停まり、何故か見初たちが降りてきた。そして、そのままバスが走り去っていく。

「お、おい……何があったんだ？」

妖怪たちが怪訝な顔で、三人の元へ近付いていく。

「あの世に忘れてきちゃった」

見初がぽつりと言った。

「忘れてきたって……何を？」

「優待券……」

あはは、と虚ろな目で笑う彼らに、妖怪たちはかける言葉が見付からなかった。

◆この作品はフィクションです。
実在の人物、団体などには一切関係ありません。

双葉文庫

か-51-15

出雲(いずも)のあやかしホテルに就職(しゅうしょく)します⑮

2024年1月10日　第1刷発行

【著者】

硝子町玻璃(がらすまちはり)
©Hari Garasumachi 2024
【発行者】

箕浦克史

【発行所】

株式会社双葉社

〒162-8540 東京都新宿区東五軒町3番28号

［電話］03-5261-4818（営業部）　03-5261-4833（編集部）

www.futabasha.co.jp（双葉社の書籍・コミックが買えます）

【印刷所】

中央精版印刷株式会社

【製本所】

中央精版印刷株式会社

【フォーマット・デザイン】

日下潤一

落丁・乱丁の場合は送料双葉社負担でお取り替えいたします。「製作部」宛にお送りください。ただし、古書店で購入したものについてはお取り替えできません。［電話］03-5261-4822（製作部）

定価はカバーに表示してあります。本書のコピー、スキャン、デジタル化等の無断複製・転載は著作権法上での例外を除き禁じられています。本書を代行業者等の第三者に依頼してスキャンやデジタル化することは、たとえ個人や家庭内での利用でも著作権法違反です。

ISBN978-4-575-52714-8 C0193

Printed in Japan